Divine Gate
ディバインゲート
～王と悪戯な幕間劇《インタールード》～
「やっぱり僕たちはもう、会わないほうがいい」
弟がそう告げた。
振り払われた手は行き場を失い、空を切った。
「アオト……」

ビーズログ文庫
アリス

ディバインゲート

～王と悪戯な幕間劇《インタールード》～

佐々木禎子

原作／ガンホー・オンライン・エンターテイメント

イラスト／野崎つばた

Divine Gate
ディバインゲート
～王と悪戯な幕間劇《インタールード》～

contents

✦

-King and Mischievous Interlude-
Divine Gate

ほとんど感情を表に出さず他人と距離を置き、ひとりでいることを選んでいる。かつて両親を殺害したとされており、「親殺しのアオト」と噂されている。

面倒見がよく、隠しごとが嫌いでストレートな物言いをする。父親の事故死と世界評議会に疑いを持ち続け、ディバインゲートへ行けば父親に会えると信じている。

天真爛漫な性格で常に笑顔を絶やさず、みんなの空気を読んで明るくふるまっている。自分の出自に疑問があり、本当の親を知るためディバインゲートを目指す。

明朗快活、ピュアな心の持ち主。かつて親友を図らずも傷つけてしまったことについて自責の念に囚われ続けており、過去と向き合うためディバインゲートを目指す。

すべてに無関心だったが、個人的な感情や理由を離れてディバインゲートを目指す行為のなかで、「何もなかった自分」にとっての目的を見出していく。

夜が好きで物静か。幼いころの記憶を失っている。わずかに残された記憶のなか、闇に包まれた世界の正体を知るためにディバインゲートを目指す。

神でありながら、世界をかき回す稀代のトリックスター。アーサーと共に世界評議会に所属し、彼に協力しているような、そうでないような……。

「世界評議会」の常界代表であり、特務機関「円卓の騎士」を率いる。ディバインゲートへのある想いを秘め、「適合者」を集めている。常界に生まれるも、天界に捨てられた過去を持つ。

少年だったアーサーが天界に捨てられたときに出会い、友になる。以来ずっと関係は続き、陰からアーサーを支援しているが、めったに姿は現さない。

竜界出身で世界評議会の最高幹部。世界中で孤独な者たちを集めて家族を作り、“弱者が虐げられない世界を創る”という理想を持っている。

アーサー率いる特務機関「円卓の騎士」の一人。表面上はアーサーに悪態をつき、内心では彼を理解しているようだがそれを態度には出さない頑固者。

アオトの行方不明になった双子の弟。幼い頃に「適合者」となり、以来両親から虐待を受け続ける兄を見てきた。彼らの真実とは……?

-King and Mischievous Interlude-

Divine Gate

バレンタイン特訓！

ディバインゲート

“聖なる扉”ディバインゲート。
伝説的に語られる存在であり、それがいつ、どこで、
どのようにして生まれたのか、誰も知らない。
また、実際に見たり触れたりすることのできる扉なのか、
どこにあるのか、不明である。
そこに辿りつき扉を開いた者は、
願いを叶えることができるという。

『こちらは皆様《みなさま》の安心・安全を守る世界評議会パトロールです』

路上に、無機質《むきしつ》なオペレーターの声が反響《はんきょう》している。音声にシンクロして車の周囲にホログラムの文字が浮かび上がる。

無人運転の自立型パトロールドライバが街中の安全を保障《ほしょう》し、走り回っている。

人びとは、自分たちを守って警邏《けいら》に走るパトロールドライバの存在を信頼し、安心している。

これが常界《テラスティア》の日常風景の一部だ。

常界《テラスティア》で一番の巨大都市を見下ろし、そびえ立つのは世界評議会の巨大タワー。

ロマネスク様式を思わせる優美な外観に、最新の技術を組み合わせて建築された最新鋭《さいしんえい》のタワーである。

その一室で——オズと彼の家族であるドロシーが紅茶を飲んでいた。

「今日は嫌《いや》な天気。外は風が強いわ」

大きな丸い目を少しだけ細め、ドロシーが言う。長い髪《かみ》を三《み》つ編《あ》みに結《ゆ》って大きなリボンでまとめている愛らしい少女である。

ドロシーはカチリと音をさせて、ティーカップを置いた。

そのはす向かいに座るのは真紅《しんく》のタキシード姿のオズである。金の髪に真紅の双眸《そうぼう》。薔《ば》薇《ら》の花を添えた真紅のシルクハットをかぶるオズの姿は一見、少年にしか見えない。だが、間近に顔を覗《のぞ》き込むと、彼の双眸の奥には長い時を刻《きざ》んだ叡《えい》智《ち》と思《し》慮《りょ》と慈《じ》悲《ひ》が沈んでいる。オズは竜《りゅう》の血を持つ者である。

ティーカップから立ちのぼる湯気がゆらゆらと揺《ゆ》れている。

と——部屋のドアが開いた。

カツカツと靴音《くつおと》をさせて入室したのは悪戯《いたずら》な神、ロキだ。

整った美しい顔の半分をおどけた仮面で覆《おお》ったロキは、ドロシーを一瞥《いちべつ》してから、まっすぐオズに向かって歩いてくる。

「ごきげんよう、ドロシー。ごきげんよう、オズ。もう聞いたかい？　どうやら新しいドライバが開発されたようだよ」

おどけてでもいるかのような、からかい混じりの声だ。

ドライバ——この場合は世界評議会が開発した新しい武器のこと。

「そのようですね」

オズの返事にロキが片頰《かたほお》だけで笑った。

「新しく開発したドライバを使って、アーサーがアカデミーの生徒たちに特別訓練実習を行う計画も聞いたかい？　アーサーはあの子たちを使って何をしようとしているのかな」

「何をしているのだとしても――彼が弱き者を助けようとするなら、僕はどんな魔法でも使いましょう」

オズは竜であり、そして稀代《きたい》の魔法使いであり――世界評議会の最高幹部《かんぶ》でもあった。

真紅の双眸を煌《きら》めかせ、優雅《ゆうが》な仕草でお茶を飲むオズにロキが言う。

「オズは僕にお茶を勧《すす》めてはくれないの？」

ロキの言葉にオズはわずかに首を傾《かし》げてみせた。

「あなたが飲みたいと言うのでしたら」

どうぞ、とオズは空いている椅子《いす》を勧め、片手を掲《かか》げてパチリと指を鳴らした。新しいティーカップがテーブルに出現し、魔法のポットがふわふわと漂《ただよ》ってきてカップに香り高いお茶を注《そそ》いだ。


タワーの半《なか》ばにあるアカデミー棟《とう》にアーサーから呼びだしがあったのは、ミドリたちが所属しているアカデミーのクラスにアオトが参加を決めてから、ひと月ほど経過した日のことである。

呼ばれたのは、六名のアカデミー訓練生だった。

アカネ。アオト。ヒカリ。ユカリ。ギンジ。そして、ミドリ。

それぞれに〈適合者〉としての資質を見いだされ、アカデミーにスカウトされた十六歳前後の生徒たちである。


かつて人間たちにとって世界は「常界《テラスティア》」しかなかったというのは、子どものときに聞いたおとぎ話だ。人間は人間だけで生活し、魔物《まもの》や妖精《ようせい》や神や竜とは混じり合うこともなかったのだそうだ。そのときの暮らしがどんなふうだったかは、もはや物語のなかに封《ふう》じ込まれているのみだが、生活様式や街の風景は、いまとさして変わらないように見える。

とにかく過去――人間も魔物も妖精も竜も、各々《おのおの》の力で発展し、互《たが》いの世界はめったに交差することがなかった。まれに交差するときは、神による奇跡《きせき》の力が必要だった。

けれどいまミドリたちが暮らしている〈統合世界《ユナイティリア》〉ではすべてが交《まじ》わっている。

この世界は「天界《セレスティア》」「魔界《ヘリスティア》」「常界《テラスティア》」の三つの世界と、さらに上位にある「神界《ラグナティア》」「竜界《ドラグティア》」によって構成《こうせい》されている。

どうしてこうなったのかは誰《だれ》も知らない。

知らなくても当然のことだ。霊長類《れいちょうるい》ヒト科が進化して人間になったらしいという痕跡《こんせき》を見いだすことはできるが、もう一度、猿《さる》から人への進化を目の前でうながすことは困難《こんなん》だというのと同じ。

時間をさかのぼれない以上、変化の種子が発芽《はつが》する瞬間《しゅんかん》を確定することはできない。

ただし——世界が統合されたのは〈ディバインゲート〉という聖なる扉《とびら》が出現したからだと、おとぎ話のなかでは語られている。

そしてミドリはその話をかなり心底、信じているのだった。


ミドリたちはタワーの上部へとエレベーターで上昇する。ミドリは、名前の通りに緑のショートボブの髪と快活《かいかつ》な緑の双眸を持つ少女である。

世界評議会のタワーは上の階層に行くほど配属されている者の地位が高いという話があるが、真実かどうかはミドリにはわからない。

エレベーターに乗っているみんなは、まだ顔見知り程度の関係で、どことなくぎこちない。所属した日もばらばらで、互いの素性《すじょう》まではよく知らないままなのだった。

そのなかでもミドリは比較的《ひかくてき》、アカネとはよく話をしている。近い時期にアカデミーに所属することになり、最初の訓練では一緒に組まされたためだ。だいたい仲がよくなるきっかけというのは、そういうものだ。クラス替えや、入学したときに席が近かったとか、そういう縁《えん》からスタートして、そこから交流が広がっていく。

炎の力を持つアカネは、オレンジがかった赤の髪と燃えるような赤い双眸の少年である。

ミドリはエレベーターのなかをくるりと見回した。

ここにいる者全員が、適合者だった。

適合者は特殊《とくしゅ》な力を持っている。「炎」「水」「風」「光」「闇《やみ》」「無」という六つの力だ。その力ゆえ、適合者たちには世界評議会が開発したドライバという武器を個々に渡される。適合者の内側に秘められた力は強大で、ドライバなしで制御《せいぎょ》し、使いこなすのは大変なことなのである。

だから適合者であることが発覚した際すぐに、世界評議会は適合者たちを、評議会の下部組織であるアカデミーへと招《まね》き入れる。

——たしかアーサーさんのところに最近呼びだされたのは、アオトがアカデミーに入ったあとだったっけ。

エレベーターの端《はし》に立つアオトを見て、ミドリは前回、アーサーの執務室《しつむしつ》に三人で呼ばれたときのことを思いだす。

アオトの印象《いんしょう》は、はじめて会ったときからあまり変わらない。金の髪の水使いの少年は、誰かのために泣いてでもいるかのような切なく蒼《あお》い双眸をしている。アオトの周囲はいつも静謐《せいひつ》だ。

アオトは適合者でありながら、ずっとアカデミーの要請《ようせい》を退《しりぞ》けていた。それをアカネとミドリがどうにか説得し、アオトはやっとアカデミーに所属することになったのである。

――今度はアーサーさんに何を言われるのかな。

「アーサーさんからの呼びだしって、なんだろうね。ちょっとドキドキしちゃわない？」

ミドリは横に立つユカリにそう話しかけた。

黒い髪に、星空みたいな光を底に湛《たた》えた黒い目を持つ彼女は、濃い紫《むらさき》のストールも相まって闇を纏《まと》っているように見える。

「別に」

そっけなく言われ、ミドリは「そっかー」と笑った。

ユカリはミドリを嫌《きら》っているわけではなく、とにかく誰に対してもこういう対応なのである。最初は戸惑《とまど》ったが、ユカリの反応のクールさが「仕様」のようなものだと把握《はあく》してから、ミドリはユカリに気後《きおく》れすることなく普通に話しかけるようになった。

ユカリの隣に立つヒカリが、ミドリとユカリの顔を交互《こうご》に見てにっこりと笑う。

「何？　ええ、私なんかおかしかったかな」

ミドリは戸惑って尋《たず》ねる。

「うん？　おかしくなんてないよー。なんだか楽しいなと思って」

ヒカリは天真爛漫《てんしんらんまん》な天使のような笑顔で答えた。自然なウェーブを描く金色の長い髪に、大きな翠《みどり》の双眸。笑うと八重歯《やえば》が零《こぼ》れ、あどけなさと無垢《むく》さが際《きわ》だつ。

「楽しいって、何が？」

ユカリが抑揚《よくよう》のない声音《こわね》でヒカリに尋ねる。

「みんなでエレベーターに乗ってるのが。アカデミーに入って、このみんなで一緒にどこかに行くのってはじめてよね」

「どこかに一緒にって……アーサーの執務室に行くだけよ？」

眉《まゆ》を顰《ひそ》め、ユカリが言い返す。

「それでも」

にこにこと笑うヒカリを見て、ユカリが少しだけ呆《あき》れた顔をした。

エレベーターから降りると無人の長い廊下《ろうか》が続く。アーサーの部屋へとつながる廊下を見て、ミドリの足がうずうずと疼《うず》いた。ミドリは走るのが好きだ。

——誰もいないなら、走っても大丈夫かな。

「競争ね！」

ミドリはアカネをちらっと見て言い放ち、走りだす。アカネは「おい。またかよ」と言いながらミドリのすぐあとに駆《か》けだした。意外とアカネは、つきあいがいいのだ。

「私がいっちばーん！」

結局、一番先に辿《たど》りついたのはミドリだ。駆けっこなら負ける気がしない。

先に着いたアカネとミドリが顔を見合わせていたら、あとからギンジたちがゆっくりと歩いてくる。額《ひたい》を出して上げた銀色の髪に、どことなく不遜《ふそん》さを感じさせる金色の双眸。ギンジは長身で手足が長いから、悠々《ゆうゆう》と歩いていてもユカリたちより進むのが早い。

全員が辿りついたのを見極めたタイミングで、

「失礼しまーっす」

緊張感のない声でアカネがそう声をかけ、部屋のドアを開けた。

部屋の中央には、円卓《えんたく》と呼ばれる丸いテーブルが設置されている。緊急時や会議の際には、アーサーの私設特務機関《しせつとくむきかん》「円卓の騎士《ナイツ・オブ・ラウンド》」がそのテーブルについているらしいが、今日は誰も座っていない。

以前、アーサーの執務室に呼ばれたときは、直通のドアを使ったため、この部屋に入るのははじめてである。開放感のある広い部屋なのに、壁がぐっと取り囲んでくるような独特の威圧感《いあつかん》があり、ミドリは緊張する。

しかしアカネはそのまま部屋を突っ切って、くだけた口調《くちょう》で、

「おっ邪魔《じゃま》しまーっす」

と声を上げ、アーサーの執務室がある上階へと奥の階段を上《のぼ》る。

「ちょっと、アカネ」

アーサーは世界評議会の常界《テラスティア》代表者だ。つまり、とってもえらい人だ。

ミドリは小声でアカネに忠告《ちゆうこく》しようとした。けれどアカネは無頓着《むとんちやく》だ。誰に対しても分け隔《へだ》てなく裏表がないのは、アカネの長所だけれど――。

上りきった階段の先には大きなデスクが設置されている。

「よく来てくれた」

デスクに座るアーサーがミドリたちを迎《むか》え入れ、落ち着いた声で告げた。

整った容貌《ようぼう》に、金の髪。眦《まなじり》の少し上がった黄金の双眸は、いつでも人の内面を見透《みす》かすかのように鋭《するど》い輝《かがや》きを放っている。

「呼ばれたからな。で、なんの用だよ？」

今度はギンジがぶっきらぼうに言い返した。

ミドリの頰が引き攣《つ》る。男子メンバーたちの傍若無人《ぼうじやくぶじん》さが、怖い……。

「世界評議会のラボが新作のドライバを開発した。これを利用した特別訓練を君たちに行いたい」

アーサーはギンジの不躾《ぶしつけ》さを咎《とが》めもせずにそう応じた。

「私たちに？　特別訓練……ですか？」

ミドリが思わず聞き返した。

「新作のドライバ開発……か」

すぐ隣でアカネがつぶやく。

「特別訓練についての書類を用意しています。こちらに」

アーサーのデスクの横に立つ女性――トリスタンが並ぶ六名に書類を渡していった。

トリスタンはショートカットの茶色の髪に眼鏡《めがね》の似合う、すらっとした長身。ヒールの高い靴《くつ》で姿勢よく歩く姿が、いかにも有能な知的美人という感じだ。

ヒカリは両手で書類を受け取り、

「わぁ、ありがとうございますっ」

と笑顔である。ヒカリの場合、テストや宿題を与えられても笑って「ありがとう」と受け取りそう。見ているこっちまでつられて笑ってしまうのは、ヒカリの笑《え》みが作られた表面上のものではなく、心からのものだからだろう。

ヒカリは、春の日だまりや、たっぷりの蜂蜜《はちみつ》をかけたホットケーキなど、甘くてふわふわとして誰からも好かれるものをかき集めたようなまぶしい少女だった。好かれるだけではなく、ヒカリ自身もまた、誰のことも「大好き」と全力で抱《だ》きしめてくれるのである。

「日程や場所についてなど、必要なことはすべて書類に記載《きさい》しています。確認のうえ、質問があれば伺《うかが》います」

「……なんだよ。どうせこっちに拒否権《きよひけん》はないんだろう？」

メンバーの一番最後に、ギンジがトリスタンの手から面倒くさそうに書類を取り上げた。

特別訓練について

トリスタンの説明の通り、詳細《しょうさい》はすべて書類に記載されていた。来たときと同じに六名でアカデミー棟へと戻り、そのまま立ち去りそうになったギンジやユカリをミドリは慌《あわ》てて引き留めた。

「待って、待って。打ち合わせしようよー」

「打ち合わせ？」

ユカリの言い方はいつもどことなく低体温だ。

「だってこれ、訓練って書いてあるけど……遠足っぽいじゃん。遠足っていうか、遠征《えんせい》かな？　日程だって三日間もあるよ。長距離列車《エクスプレス》に乗っていって、遠くでやるみたいだし」

書かれた文章を読んでいくうちに、ミドリのテンションが上がっていった。

「そうみたいだなー。よっしゃー！　遠征楽しみだなー」

アカネがニッと笑ってミドリに同意した。やっぱりアカネはノリがいい。

「あれ、この日付って」

二月十三日からの三日間――。

「遠征出発の次の日、バレンタインじゃん」

日付を再度確認し、ミドリがそうつぶやいた。

バレンタインデー。女子から男子へ、愛の気持ちをチョコレートに込めて渡し、告白のできる日。男子にとっても女子にとっても一大イベントの日である。

そしてバレンタインデーは、ヒカリの誕生日《たんじょうび》でもあるのだ。

「あ……。っていうことは、ヒカリの誕生日だ。誕生会しようよ。誕生会っ！」

ヒカリの顔を覗き込んでミドリが言うと、

「そんなぁ。わざわざいいよー」

ヒカリは両手を顔の前でぶんぶんと振った。

「でも……」

「それだったらみんなで一緒にチョコ作ろうよ」

名案というように瞳《ひとみ》を輝《かがや》かせてヒカリが言った。

「誕生日チョコ……かぁ。誕生日ケーキじゃなく？　うーん……」

答えを渋《しぶ》ったミドリに、黙《だま》って聞いていたアカネが食い気味に言葉をかぶせてきた。

「いいんじゃねぇ？　チョコもケーキも変わんねえよな。賛成《さんせい》っ」

おおざっぱなまとめで言い切られ、賛成された。

「アカネ……チョコとケーキは違うよ？　ぜんっぜん違うからね。材料からして違う。ケーキには小麦粉《こむぎこ》というものが入ってて……」

ミドリが言い返したら、予想外なところでギンジが同意した。

「ああ……チョコとケーキは違うな」

ぼそっとつぶやかれ、何げなくミドリはギンジに話題を振った。

「違うよねえ？　アカネっておおざっぱすぎるよね。ねー、ギンジってバレンタインのチョコもらったことある？」

「くっだらねぇ。興味ねぇな」

ギンジがそっけなく告げた。

「クール気取ってんじゃねーぞ。おまえらー。チョコとケーキの違いなんて、おまえらだって普段《ふだん》、気にしてないだろーがっ。なんか俺だけ馬鹿《ばか》っぽいじゃんっ。俺いつもそういう役回りだよなっ」

そっぽを向いたギンジと、困惑《こんわく》した顔で無言のアオトに、アカネはやけくそ気味に言い捨てた。

「知るかよ。だいたいバレンタインなんてマジでどうでもいいし。アカネだってチョコもらったことないんだろ。どうせ」

ギンジが言う。

「え……俺はもらったことあるよ。……あ、もしかしてギンジ、もらったことない？」

ギンジが無言になった。

「あー……えーと……ギンジの良さを理解するのは、人類の女性にはまだ早すぎるだけだよ。気にすんな」

「気にしてねーよ」

ギンジが少し苛立《いらだ》った声音で返す。

そこにユカリがぽつんと告げた。

「そうね。気にしなくてもいいんじゃない？　あなたたちの良さが、早く人類の女性に理解されるといいわね」

感情の込められていない声音と真顔で言われ、アカネがいままでの誰に何を言われたよりも焦《あせ》った顔になり、それきり男子全員が口を噤《つぐ》んだ。

——これで悪気は一切ないのよね。ユカリ……。

「ユカリ～」

容赦《ようしゃ》ないなあという思いを込めて名前を呼びながらユカリの袖《そで》を引っ張り、ミドリは天を仰《あお》いだ。


そして訓練遠征の当日がやってきた。

ミドリたちはアカデミーが手配してくれた特別列車に乗り、訓練の場へと出向く。

車窓《しゃそう》を流れる光景は、球体のジオテックドームの建築物が紛《まぎ》れる近代的な都市部のそれから、郊外《こうがい》の景色へゆっくりと変わっていった。列車が進むにつれて目に見えて空き地が増えていく。葉を枯《か》らした冬の木々が風に枝を揺らしていた。

「けっこう遠くまで行くんだね」

ミドリは窓に額をコツンと押しつけ、誰にともなくつぶやいた。

「そうね。廃棄《はいき》区画と市街との境界《きょうかい》手前まで行くみたいよ」

答えを求めてはいなかったミドリのつぶやきに、ユカリが応じた。

「廃棄区画って……世界評議会が管理していない、人が住めないエリアだったっけ？」

うろ覚えだった知識を口にのぼらせると、ユカリがこくんとうなずいた。

「ええ」

ユカリも、アオトとは違う意味で静寂《せいじゃく》をその身に纏っている。言葉数は少なく、積極的に誰かと関わり合うタイプではない。でも他者を拒否《きょひ》しているわけでもないのだ。むしろ何もかもを受け止めて、沈黙《ちんもく》で包み込む類《たぐい》の包容力を感じる。自分と違う個性を拒絶せず、圧倒的に呑《の》み込んでしまうようなオーラを持っている。そんなところも含め、夜の闇に似た少女だった。

席は、自然と男子組と女子組の二手に分かれていた。今回の訓練は、普段、アカデミーでミドリたちの担当講師《たんとうこうし》をしてくれている妖精たちも一緒だ。妖精たちは全員が女性なので、女子組に混じって座る講師たちもいる。

が、アカネの担当講師である炎の妖精イフリートと、アオトの担当講師である水の妖精ウンディーネは、男子組と共に腰《こし》かけていた。

「何を浮かれておる。そなたの鞄《かばん》にはおやつと弁当しか入っておらぬではないか」

「な……。ちょ、先生！　なんで俺の鞄の中身勝手にあさってんだよっ。あ、それ、俺の好物の冷やしトマトーっ。昼に食べようと思ってしっかり冷やして持ってきたのに」

「ふがいない生徒を鍛《きた》えるために我《われ》らは天界《セレスティア》からやってきているのだ。食べ物の横取りくらい許容範囲《はんい》じゃろう」

「許容範囲じゃねーよ」

「なんだとっ。なんのための訓練と心得ておるっ」

通路を挟《はさ》んで隣の、男子組の座席はなかなか騒々《そうぞう》しい。おもにイフリートとアカネの声しか聞こえてはいないが……。

「先生、それ、無茶苦茶言いがかりだっつーの」

「言いがかりなどではないぞ。いま一度問う。答えよ！　なんのための、訓練と、心得ておるっ!?」

「すべては俺たち適合者の能力向上のためでありまーす」

ふざけた言い方でアカネが返し、

「言い方が気にくわんっ！」

そんな声がした途端《とたん》、イフリートが手から炎を空中に飛ばした。車内には広がらない程度の小さな炎だったが、それでも熱は伝わってくる。

「うわっ。あっぶねーだろ。なんかあったらどーすんだよっ」

アカネの絶叫《ぜっきょう》が車内に響き渡る。

はたしてどこかで仲裁《ちゅうさい》に入るべきかと、ミドリは気もそぞろだ。

「隣はずいぶんと賑《にぎ》やかね」

ユカリがつぶやき、

「本当ね～。みんなあっという間に仲良しになっててていいな。負けないで、私たちもいろいろとお話ししましょう」

ヒカリは笑う。

「……あれを仲良しと言っていいのかしら」

ミドリはまだ言い争っているアカネとイフリートを横目でちら見しながら小声で言った。

「え……違うかなあ？」

ヒカリがひとさし指を顎《あご》に当て、きょとんと首を傾《かし》げた。

「あれはあれで仲良しアル。ヒカリの言う通りネ。こっちはこっちで交流を深めて、来たる訓練の時間を充実《じゅうじつ》させるヨ。さ、さ、さ」

ミドリの担当講師、風の妖精シルフがきっぱりと言い切って、ミドリとヒカリとユカリの手を次々に引っ張り、それぞれにつながせる。

ミドリとヒカリとユカリの手が重なった。

「えいえいおーアルー!!」

ヒカリとユカリがびっくりしたのか、目を見開いている。ミドリも驚いたけれど、なんだか嬉《うれ》しかった。

「そうだね。えいえいおー！　訓練頑張ろー!!」

ミドリの声に、ヒカリとユカリの声が続く。

「うん。頑張ろうねー」

「そうね」

手のひらと共に声が重なる。三人の少女はそれぞれに笑みを浮かべ、顔を見合わせたのだった。


目的地に辿りついたのは夕暮れ時だった。

長距離列車《エクスプレス》の路線図は、駅の、その地点で途切れている。地図上は途切れているのに、線路はまだ先まで続いている。ミドリは、自分たちを降ろしてそのまま来た方向へと戻っていく列車を見送った。

みんなが話しながら駅の改札を通過していく。アカネがホームの端にぽつんと立って、地図には載っていないのにつながっている線路の先を目をすがめて見ていた。

アカネはわりとリーダーシップを取るタイプで、いつも先頭を切って行動することが多い。人から離れ、沈黙して遠くを見ているアカネが珍《めず》しくて、ミドリは、他のみんなと一緒に改札へは向かわずアカネの側に立ち、尋ねた。

「どうしたの、アカネ。置いてかれちゃうよ」

アカネに対してだから、たやすく口に出して言える。これがアオトやギンジだったら遠巻きに見て、一呼吸置いてから声をかけるだろう。

「なあ」

「うん？」

ミドリのほうを向いたアカネの双眸に、夕焼けの空が映り込んでいる。真《ま》っ赤《か》に燃えた空の色は、なんだかとても優しい色だ。

「あっちの先——何があんのかな？　電車が走るのはここまでなのに、それでも線路は、電車が行けない先までつながってんだなあって」

「そうだね。それ、私も思った。もしかして昔はこの先まで電車、走ってたのかも。いまはみんなこの先で暮らさなくなっちゃったから、ここからの駅はなくしちゃったんだろうけど。誰もいなくなった街とかがあったりするのかな。それとももう山しかないのかな」

「昔かぁ……昔なぁ……。俺たちの親が若かった頃くらい？」

「私たちの親の世代なら、そこまで昔じゃなくない？　親のときはいまと同じで、もうこっから先も廃線《はいせん》だったんじゃないかな。たぶん……この路線が使われてたのって、もっともっと昔の……親の親の親の親くらいとか？」

「親の親の親……か」

　アカネは服のポケットから球体のドライバを取りだし、手のひらの上で転がした。アカネはたまにそうやって、ドライバを手のなかで弄《もてあそ》ぶことがある。そういうときのアカネは、考え込む顔をしている。何かを確かめるかのように握《にぎ》りしめてみたり、両手で交互に転がしてみたり。

　──アカネのドライバって、亡《な》くなったお父さんの形見だったっけ。

「俺たち……この先どうなんのかな。変わってくのかな」

　アカネがぽつりとつぶやいた。

「え？」

「いや、なんか……ナシッ。いまのナーシッ!!」

　ばつが悪そうな顔をしてアカネは横を向いた。夕焼けの色をした双眸がミドリから逸《そ》れて、地面を睨《にら》みつけている。

　まだ十六年しか生きていないミドリたちの、この先の人生における列車のレールの行き先は見えない。そもそもレールなんてないような気もするし。

パッと脳裏《のうり》にそんな想いが過《よ》ぎる。アカネが何を考えて先ほどの言葉を零したのかは、わからないけれど。

「……うーん。変わってくかもね。でも、変わらないところもあるんじゃない？」

ミドリは横に立ち、アカネの視線を追いかけて下を見た。

目に入ったのは、手入れを忘れられた線路だ。伸びた草は枯れた色をして風に揺れている。長く続く二本の錆《さ》びたレールは山の側へとカーブを描き、その先は見えない。

「すっごく当たり前で、つまんない答えだな。それ」

「えーっ。何よ」

わりといいことを答えたつもりだったのにとむくれる。これだからアカネは……。

「だから、なんでもねーっての。でも」

アカネは横顔で少し笑った。

「……さんきゅ」

ついでみたいにつけ足された小声が、ミドリの耳に届く。

アカネの少し照れたような感謝の言葉が、ミドリの胸《むね》に落ちる。くすぐったいような気がして、ミドリはちょっとだけ首をすくめた。

ミドリの頬が赤いとしたら、それはきっと夕焼けの空のせいだ。

その日はすぐに宿泊施設《しせつ》へ向かい、みんなでの夕食のあとは自由行動になった。自由といっても、外に出かけても廃墟《はいきょ》となった荒《あ》れた家があるだけなので、肝試《きもだめ》しくらいしかすることがない。夏ならまだしも、いまは冬だ。

「残念。夏だったら花火とかしちゃったよねえ」

あてがわれた部屋に荷物を置いたミドリは「うーん」と伸びをしながらそう言った。

施設は、外観こそ古びていたが、なかに入ると居住性がよく掃除《そうじ》も行き届いてピカピカしている。

「冬でも花火はできると思うけど？」

「可能、不可能の問題じゃなく、気分の問題なのだよ。ユカリくん！」

チッチッとひとさし指を立て左右に振って応じるミドリである。

電車の座席と同じで、女子と男子は別グループで、それぞれにひと部屋を割り振られている。講師陣は各自に個室を与えられたため、ここにいるのはミドリとユカリとヒカリの三人である。

「あーっ。講師の先生がいるのが嫌《いや》ってわけじゃないけど、私たちだけっていうの、自由な感じするね」

ミドリはベッドにバタリとうつぶせに倒れ込み、枕《まくら》をぎゅうっと抱《だ》きしめる。

「そう?」

「講師の先生たちはみんな個室なのねー。寂《さび》しくないのかなー」

ヒカリが、ヒカリらしい可愛《かわい》い心配をしている。自分のベッドに腰かけて足をぱたりぱたりと動かしている。

「大丈夫じゃない? 先生は先生たちでわいわいしてそう」

「うん。きっと、そう。だから先生たちのことは心配しなくてもいい」

ほとんど表情を変えずユカリも断言した。その整った顔を寝転んだまま見上げ、ミドリが聞いた。

「もしかしてユカリも、先生たちと同じに個室のほうがよかった?」

「別に」

「そうなの? だったらよかった」

ミドリは抱きしめた枕に顎を乗せる。

「ミドリは個室がよかったの?」

と、今度はユカリが聞き返してきた。

「ううん。みんなで一緒がいいよ。なんで?」

「そう? ミドリはときどき、ひとりになりたそうに見えることがあるから、聞いてみただけよ。他意はないわ」

「私が？　ひとりになりたそう？」

ミドリは目を丸くした。

「ええ。とてもオープンに見えて、あるラインから先には誰も入れてくれない感じがするときがある」

「……え？」

「私、それが悪いことだなんて思わないわ。いつでも、みんな一緒がいいなんて、信じてないから」

しれっとして言うユカリの闇色の双眸が、ミドリの心のどこを覗き込んだのか、少しだけ怖くなる。ある部分で図星だからだ。

でも――。

「私、ひとりになりたいわけじゃない。ただ」

「ただ？」

――友だちはたったひとりいれば、それでいい。

ひとりきりで満員御礼《おんれい》になる親友の立ち位置は、ずっと前に埋《う》まってしまった。ミドリの親友だった少女はミドリに後悔《こうかい》を残したまま、神隠《かみかく》しにあったように消えてしまった。

だから、その場所には他の誰も入れられないのだ。それだけだ。

口ごもって黙《だま》ってしまったミドリに、ユカリが肩をすくめる。

「いいの。説明はいらないわ。もしひとりになりたくなったら、口にしてそう言ってくれていい。悪い意味には取らないわ。私のこれも、悪い意味には取らないで」

冷たい言い方だけれど、不快にはならない。ユカリの直裁《ちよくさい》な物言いは、充分な思慮《しりよ》の重さを伴《ともな》っているから。

「……うん。わかった。でも、私……今日は……というか今夜は、ひとりになんてなりたくないから」

ミドリは枕を抱えたままごろんと反転し、起き上がる。

「というか！ チョコ！ 作るから！ 明日に向かって！ 作ろう。いまから!!」

片手に枕を、片手はひとさし指をユカリとヒカリにピシッと向けて、大声で宣言する。

ユカリとヒカリが目を見開き、顔を見合わせて「いまから!?」と言った。


「あ。よかった。台所もある」

言った者勝ちである。即座に部屋を出て、いそいそと台所のチェックをしてしまうあたり、ミドリは「チョコ」を作る気満々なのだ。

「あれ……ヒカリの誕生日チョコを作るのにヒカリが混ざってるの、変かな。私とユカリで作るから、ヒカリは楽しみに待っててくれても」

「えー、一緒に作らせてー。みんなで一緒に作れば、私も幸せな気持ちになれるし、みんなを幸せにしたいんだー。だから三人でいーっぱいバレンタインチョコ作ろう？」

ヒカリは持参したエプロンをちゃんと身につけている。もしかしたら炊事《すいじ》も自分たちでするかもしれないと準備してきたのだそうだ。

「ヒカリがいいなら、それでいいけどさー。ね、ヒカリは誰かチョコあげる相手がいるの？」

頑《かたく》なにバレンタインチョコにこだわるのは、実は理由があったり？

「いるよー」

即答だ。

「え……だ、誰!?」

焦《あせ》りつつミドリが尋ねると、ヒカリがにこっと笑って答えた。

「みんな」

「みんなぁ？」

「うん。ミドリちゃんにユカリちゃんに……アオトくんにアカネくんにギンジくん……ウィルオウィスプ先生に……とにかくみんな。みんなが美味《おい》しいって言ってくれるといいなあ」

最初は体《てい》よくかわされたかと思ったが、ヒカリに限ってそれはないなと思い直す。

ヒカリが、用意してきたチョコレートを、湯煎《ゆせん》で溶かしやすくするために刻《きざ》みだす。真剣な表情である。人生の一大事という顔で眉間《みけん》にシワを刻んで、包丁《ほうちょう》を使う。ここまで真面目《まじめ》な顔のヒカリは珍しいかもしれない。

――集中しすぎて寄り目になっちゃってて……なんか……。

変な顔になっているところが、とても可愛い。熱心さに、きゅんとなる。

――本気でみんなに心を込めて渡したいって思ってるんだろうなー。ヒカリって、自分が祝《いわ》われることより、自分が人を祝うことで幸せになれる子なんだなあ。たぶん。

「そりゃあそんなふうに一生懸命《いっしょうけんめい》に作ってくれたら、なんだって美味しいよね。私も気合入れて作るか～」

腕《うで》まくりしてミドリもチョコを刻むことにした。

と――。

ダダダダダダダダダダダ。

ものすごい音がして、ミドリはぎょっとして隣を見た。

いつの間にかユカリが無言で白いフリルのエプロンを身につけ、戦闘《せんとう》態勢みたいな殺伐《さつばつ》とした感じで勢いよくチョコを刻んでいる。ヒカリのふわっとした雰囲気《ふんいき》とは対照的に、マシンガン乱射《らんしゃ》のノリでチョコを惨殺《ざんさつ》している……。

「ユ、ユカリは誰にあげるの？」

「考えてないわ。いまはただ与えられた目的を達成するだけよ。チョコを作るという目的をね」

「そう……」

ユカリは手を止めて、ふう〜っと額《ひたい》に浮いた汗を指先で拭《ふ》いて遠い目をした。

「そういうミドリは、誰かにあげる予定があるの？」

「私は……」

ミドリの心にひとりの少女の影が過《よ》ぎる。

長い髪を三つ編みにして、くるりと丸く大きな双眸をした同じ年の少女——夏祭りにはいつも一緒に行った幼《おさな》なじみの友だち。

「……いるのね。誰か」

ユカリがくすりと笑った。上目遣《うわめづか》いでゆっくりと瞬《まばた》きをする。

「え、誰？　もしかしてアカネくん？　それともアオトくん？　まさかのギンジくん？」

ヒカリが邪気《じゃき》なく頬《ほお》に手をあててミドリを問いつめる。

「ち、違うから。いないから。相手、男じゃないから。本命とかじゃないから」

「あら。それって、ひゅーひゅー……だわね」

低体温っぽい、まったくヒューヒューしていない言い方でユカリが言う。

「ちっともヒューヒューしてないからっ。もう。こういうときだけユカリとヒカリって息がぴったり合うんだから……。やめてよね」

ミドリは断固抗議《こうぎ》し、まな板の上のチョコを力任せにパキッと真《ま》っ二《ぷた》つに叩《たた》き切った。


そして、こちらは男子組の部屋である。

女子たちとは違い、和気藹々《わきあいあい》という雰囲気ではなく——各々が勝手にベッドに寝転がったり、設置されている椅子に座ったりして過ごしている。

応接セットの椅子に座り、トリスタンにもらった書類に目を通していたアオトが、くしゅんと小さなくしゃみをした。

「風邪《かぜ》か？　来る途中とかけっこう寒かったしな」

ベッドに転がって雑誌を読んでいたアカネが顔を上げ、アオトに言った。

「ううん。風邪じゃないよ。大丈夫」

「そっか。つらくなったら我慢《がまん》しないでウンディーネにでも言って休めよ。なんかおまえって、熱出しても自分では気がつかなさそうなところあるし」

「うん」

「そこ、うなずくか。否定《ひてい》しろよ。熱を出しても自分では気づかないという自覚があるってことか？」

呆《あき》れてつぶやいたアカネに、アオトは無言で目を瞬《しばた》かせた。

室内はしんとしている。

ギンジはマイペースに、食後すぐ部屋へ戻って先にごろりと寝てしまった。

――やりづれぇ……。いっそ先生が同室でいてくれたら。

会話のキャッチボールというものをしないアオトとギンジに、アカネはいたたまれずに胸中《きょうちゅう》で嘆息《たんそく》する。どう頑張ってもアカネとギンジとアオトは会話のドッジボールなのである。まったく話が弾《はず》まない。

男同士の交遊関係において、沈黙《ちんもく》で好き勝手に過ごしていても心地《ここち》いい空間になる間柄というのはあるのだが――まだ三人は互いをよく知らないままで、その境地《きょうち》には達していないのだった。

「アオト、それ――アーサーんところでもらった今回の日程表だよな」

「うん」

「もともとアオトのドライバは評議会で用意したやつだったよな？　まさか、訓練して、新しいドライバのほうが使い勝手がいいってなったら、俺たちもみんな新しいドライバに持ち替えてくれって交換《こうかん》されるんじゃないよな？」

「それは僕にはわからない」

とてもまともなことをアオトは言っている。アオトが知るはずがないのである。だが「わからない」と言われたらそこで会話は終了だ。

ドッジボールを越えて、もはや会話のデッドボール状態である。

「わかんないだろうけど……そうじゃなくてさ。そういう話じゃなくて」

と、アカネは頭を抱える。

「……なんだよ。どういう話だ？」

「おわっ。ギンジ、起きてたの？」

寝ていると思い込んでいたギンジが会話に入ってきて、アカネは驚く。ギンジは頭をかりかりと搔《か》きながら気怠《けだる》げに半身を起こし、

「おまえらがうるせぇから寝れないんだよ。で、ドライバがどうしたって？ 別に交換しろって言われても、おまえがしたくないときは断ればいいだけだろ」

あっさり断じられた。

「断ればいいか。そりゃそうだ。で、もし交換しろって言われたらギンジはどうする？ 断る？」

「俺の斧型《おのがた》ドライバ〈ヤシャヒメ〉はもともと拾ったものだしな。これより力があるドライバだったら考えてみてもいいが――そんなすげぇドライバはねぇだろ？ 何もかも力尽

くで無にできるドライバはそうそうないぜ」

ギンジは——ときどきとても虚無的《きよむてき》な双眸をすることがある。力こそが正義で何もかもをぶち壊《こわ》すことだけが自分の望みだと言っていたのを、以前に聞いた。夢なんてない。やりたいこともない。将来なんてどうでもいい。目の前にある邪魔なものをなぎ払うがためだけに力任せに斧型ドライバを振り回し、周囲のすべてを粉砕《ふんさい》する。

「ドライバ……か」

アカネがふとそう漏《も》らす。

ギンジと話すことで、今回の訓練内容について、アカネの心のなかにわだかまっていた疑問がさらにむくむくと大きくなった。

「あのさ……ギンジ、アオト。おまえらいまから俺が言うことを聞いても馬鹿《ばか》にすんなよ。笑うなよ」

「なんだよ」

「………………」

ギンジとアオトがアカネを見返す。アカネはおもむろに口を開いた。

「ドライバってそもそも何!?」

何を言っているんだこいつはという顔つきでギンジが天井《てんじょう》を仰いだ。アオトは無言かつ無表情のままだ。

「いや、俺たち適合者の属性の力を増幅《ぞうふく》したり、制御したりするための武器なのは知ってる。世界評議会のなかに研究室があって、そこで開発されているのも知ってる」

そもそもアカネの父親は、ドライバの開発者だったのだ。アカネが小さな頃から、開発の仕事が忙《いそが》しく、父はめったに家に帰ってこなかった。それでもアカネは父が好きだった。そんな父が、開発途中の事故が原因で亡くなったと告げに来たのは、世界評議会の職員で――。

「ドライバを作りだした技術が派生して、いまはもう武器だけじゃなく、自動車や警備《けいび》カメラみたいに、いろんな形のドライバが存在しているのも知ってる。自立型ドライバのノントロンとかさ。俺たちの生活を守ってくれてる。でもさ……」

ドライバというものがなければ、アカネたちの日々は立ち行かないだろうくらいには生活に密着している。

「誰が作りだして、どうしてここまで広がってきたのかとか……俺、知らない。ドライバのテクノロジーってやつ、発展したものを使って暮らしてるのに、じゃあドライバってどういうものなのっていう根本のこと知らないんだよ。アカデミーに入ったらそういうのも知ることができるのかなと思ってた。でも教えてくれる奴もいないし。使い方は教えてくれても、仕組みとか、成り立ちとかは」

「必要ねぇだろ。使い方さえ知れればそれだけでいい」

「ギンジはそうだろうけど俺は知りたい」

アカネは――父が亡くなったことを実はまだ信じてはいない。どこかで生きていてくれるように感じられるのだ。亡骸《なきがら》を現実に見ていないせいもある。だが、何よりアカネの父親は「事故なんかで死ぬような、そんなやわな男じゃない」のだ。それでももしかして死んでいたのだとしても、いったい最期《さいご》に何があったのかは――知りたい。

アカネがアカデミーに参加したのは適合者になったから……だけれど。

評議会の下部組織に入ることで、父に「何が起きたのか」を知る手がかりを得られるのではと考えた部分もあった。

「教えられても、アカネには理解できる頭がないだろ。あんのか？　量子力学と物理で見事に落ちこぼれてるだろうが」

「う……。普通、十六歳で量子力学とかやんねぇよ。アカデミー来たら、いきなり授業内容ががらっと違うんだもんな。わかんなくても仕方ないじゃん」

アカデミーに加入することで、一般の学校生活からは離脱《りだつ》することになる。転校扱《あつか》いだが、もしこれが会社員ならつまりは「栄転」だ。若いうちに評議会に認められ、アカデミーの訓練を受けることはエリートコースを確約されたようなものだ。

その分、適合者としての訓練だけではなく、普通の高校生ならば習わない類の理系文系の科目が増え、講義についていくのはなかなかに厳しいものがある。もちろん当たり前だが、高校生が通常習うべき授業もいくつかある。身体能力だけが高くても、一般常識含めて知力不足では、世界評議会の職員になるのは無理なのだ。

「そうだよ。わかんなくても仕方ないんだ。アカネの言う通りだ。だったら、それでいいだろ。わかんねぇもんは、わかんねぇままでいいじゃねーか」

「ぐ……」

ギンジにうまく丸め込まれてしまった。

「……難しいことは、どうでもいいだろ。面倒くさくなったらぶっ壊す。それだけでいい」

ギンジはふらりと立ち上がり、床に脱《ぬ》ぎ捨てたままだった黒いダウンジャケットを拾い上げて羽織《はお》る。

「なんだよ。ギンジ。出かけるのか?」

「ぐちゃぐちゃうるせぇこと言われてるうちに眠気が吹っ飛んじまった。そのへんぶらついてくる」

「だったら俺も行く!」

アカネも上着を羽織って立ち上がる。

「ついてくんなよ」

ギンジが嫌そうに顔をしかめた。

「ついてくわけじゃなくても、たまたま同じ方向に向かうのは仕方ないだろ。アオトもほら、行くぞ」

アカネはアオトの腕を引っ張り上げる。

「え、僕も？」

「そ。『訓練中はできるだけふたり以上での外出を心がけること』って、アオトが読んでるその書類にも書いてあったろ？」

「あ……うん」

絶対にそうしろとは書いていない。けれど、ギンジひとりに外出されるのも、アオトをひとりで部屋に残すのも——どちらもアカネは気に食わない。注意事項《じこう》を守らなくてはなどとガチガチに固いことを言うつもりはないのだけれど。

慌てて上着を掴《つか》んだアオトを引きずって、アカネは、先に部屋を出たギンジを追いかけたのだった。


外に出る前に、一階の食堂を通り抜ける必要があった。そして一階の食堂に隣接《りんせつ》して、オープンキッチンの広い台所がある。

——げっ。女子みんなで何か作ってる。

何か……というかチョコを作っているのだった。

キッチンからはチョコレートの甘い匂《にお》いが漂《ただよ》ってきていた。

銀色のボウルを何個も使って、泡立て器でかき混ぜたり、湯煎でチョコを溶かしたりと、女子たちはチョコ作りに大騒《おおさわ》ぎだ。

「あー、アカネたち、どこに行くの？　肝試し？」

「肝試しなんてしねーだろ。冬だぜ……」

「だよね。やっぱり」

「え……と、それチョコだよな」

「そ。ヒカリの誕生日チョコ。アカネにもあげるから。楽しみにしてて」

ミドリが泡立て器でチョコをかき混ぜる手を止め、にこっと笑って言う。

「お、おう……。ま、誕生日チョコだったら、仕方ないよな。ミドリからのチョコ、もらってやってもかまわねぇぜ。うん」

「なんか言い方がむかつくから、やっぱあげなーい」

ツーンと横を向いたミドリにアカネは慌てた。

「えええええ。くれよー!!」

ミドリは「くくく……」と笑い、

「大丈夫。イベントだからね。あげるって。ギンジとアオトにもあげるから、楽しみにしててね」

ミドリに名前を呼ばれ、ギンジはぷいっと視線を逸《そ》らす。

「またそーやってギンジは見栄《みえ》を張る。もらえるものは、もらっとこうぜ？　本命じゃなくても、恋愛じゃなく友情チョコとか義理チョコでも、もらったチョコの数は今後の俺たちの人生カレンダーにカウントされるから！　一回でももらえば、来年以降『俺だってバレンタインのチョコくらいもらったことあるぜ』って人に言えるんだぜ」

アカネはギンジの肩《かた》にポンと両手を置いて言い募《つの》る。

「しつけーな。見栄とかじゃない。バレンタインとか本命とか恋愛とかそういうのガチで興味ないから」

と言いながらも、ギンジはキッチンから早々に立ち去ろうとはしないのである。横目でちらちらと様子を見ている。

「うん。わかった。んで、アオトは……いままでにたくさんもらってそうだよなあ」

アオトの見た目のよさと、無口な独特の雰囲気はいかにも女性受けしそうである。アカネから見ても、わかる。現に、講師の妖精たちもアオトに対してはみんな当たりが柔《やわ》らかい。アカネはイフリートに毎回ぎたぎたにされているのに、アオトがしごかれているのを見たことがない。

「いや。もらったこと……ないよ」

「え、そうなのか？」

驚いて聞き返したら、アオトは真面目な顔でうなずいた。

――そういや、こいつって『親殺しのアオト』だったんだ。

アオトには過去に自分の親を殺したという噂《うわさ》がついてまわっていた。そのため周囲の人間にうまく溶け込めないで過ごしていたらしい。

アカネは、実際に触《ふ》れ合ううちに、アオトは人を――まして自分の親を殺すような人間ではないと思うようになっていたが……。

――こいつ弁解すら言わないから、何も伝わらねぇんだよな。

「だったらおまえもチョコ欲しいよな⁉」

アカネはギンジから離れ、アオトの真っ正面に立つ。

「え……別に。僕は」

アオトの両肩に手を置いてがしっと捕《つか》まえ揺さぶる。

「お・ま・え・も！　チョコ欲しいよな！　欲しいって素直に言え‼　口に出すことで伝わることってのがあんだから。俺は欲しいぞ。喉《のど》から手が出るくらいバレンタインのチョコが欲しい」

「……アカネは喉から手が出るくらいバレンタインのチョコが欲しいんだね」

確認するように淡々《たんたん》とくり返された。自分が言ったことなのに、アオトにそのまま真顔で返されるとむっとする。

「うっさい。だからー、なんでこういう流れになんだよ。俺だけにこういうこと言わせるな。おまえも欲しがれ!!　欲しくないなんて言わせないぞ!!」

据わった目をしてガシガシ揺すぶって告げる。

チョコレートにかこつけて、普段くすぶっている想いをアオトにぶつけてしまう。

——言ってくんなきゃわかんないだろ。おまえの思ってることとか、過去の真実とかさ。

「……うん。わかった」

アオトがそううなずいた。

「わかったんだな。よし。アオトもチョコが欲しいんだな。仲間だ」

アカネはアオトの肩を抱いて「へへっ」と笑った。

「非モテ仲間？」

ミドリの指摘に「うっさい。俺だってもらったことくらいあるんだからな」と睨《にら》みつける。

見返すと、ミドリの頬にチョコがついている。泡立て器で攪拌《かくはん》する勢いが強過ぎて飛んだのだろうか。

「ミドリ……おまえ、ほっぺたにチョコついてるぞ」

「うん？　チョコ？　えー、どこ？」

ゴシゴシと擦《こす》ったのはチョコがついているのとは反対側の頬で。

「そっちじゃねーよ。反対……そこじゃなくもっと下」

ミドリが「えー」と言いながら顔を手で擦る。アライグマとかその系統の小動物が顔を洗う仕草にちょっと似ていて、パタパタした動きが愛らしい。

そうしたら——。

「動かないで」

じっとふたりのやり取りを見ていたアオトが唐突《とうとつ》にそう言った。無表情のままハンカチを取りだし、ミドリの頬についたチョコを拭《ぬぐ》い去った。

「取れた」

するりとハンカチ越しに頬を滑《すべ》らせた指先は白くて、綺麗《きれい》だ。

何かを考えての行動ではなく、そこにチョコがついていて、取りたそうにしているので、自分が取ってあげたという類の言い方と表情だった。それでもアオトが持っている素《す》の優しさが指の動きの柔らかさで、自然と伝わってくる。

「わ……あ、ありがとう」

ミドリの頬がぽわっと上気している。

アオトはそのまま「うん」とだけ答えて、ミドリから離れる。ミドリは泡立て器とボウルを持って固まっている。

「あら。これは、ひゅーひゅー、だわ」

抑揚《よくよう》のない声でユカリが言う。

「ヒューヒューじゃないってば！」

ミドリが真《ま》っ赤《か》になって言い返し、アオトは他人事《ひとごと》の顔をして「ひゅうひゅう？」と首を傾《かし》げていた。


アカネたち男子三人組はキッチンを離れ、施設の外に出た。

「ずりーよな。アオト。ハンカチとか普通に持ってるし」

「ハンカチは普通持ってるんじゃないかな」

一切、表情が変わらないところがアオトである。

「持っててても、あんないいタイミングでさっと出せねーって。普通。ギンジだってそうだろ？　つーかギンジはハンカチ自体持ってなさげだ」

「持ってる」

「え。嘘《うそ》。絶対に嘘だ。見せてみろよ」

「……ほらよ」

「げー。くしゃくしゃじゃん。いつ洗ったやつかわかんないし……それにこれ長いし、なんか生地《きじ》薄いし……包帯じゃね？」

くしゃくしゃに丸められた布を伸ばしていったら、どこまでも伸びる。広げていくとそれは包帯だった……。

「怪我《けが》して止血が必要なとき用に」

「ハンカチじゃなくない？」

「似たようなもんだろ」

ギンジは、アカネの手からハンカチ（包帯）を取り戻し、無造作《むぞうさ》に丸めてポケットに押し込んだ。

「似てねーよ」

速攻で否定したアカネである。

そのまま三人は施設の外を目的もなく歩いていった。ギンジは最初こそ「ついてくるな」と言っていたけれど、気づけば、なし崩《くず》しにアカネとアオトの同行を許してしまったようだ。

まばらに生《は》えていた樹木は、施設から遠ざかるにつれて木の枝ぶりがよく、太いものへと変わっていく。道らしい道が途絶《とだ》え、闇のなかに黒々と、葉の落ちた樹木のシルエットが浮かび上がる。

夜が三人を取り囲んでいる。

吐《は》く息がぽうっと白く浮かび上がる。

音もなくとても静かだ。

冷たい冬の空気と自分との境界は体温で――生き物と、生きていない物とが、見えない切り取り線でくっきりと区切られている、そんな夜だった。

自然と、神経がピリピリと尖《とが》っていく。

まだ短い期間ではあるが、アカデミーで訓練されてきた講義がすでに身に染《し》み込んでいる。三人はなんとなく、互いの死角を補完《ほかん》し合うような位置を取り、進んでいた。

真《ま》っ暗《くら》な茂《しげ》みの奥がごそごそと揺れている。

生きている者の気配がした。三人は瞬時にパッと戦闘態勢を取っていた。

「誰だ!?」

アカネが叫《さけ》んだ。

けれどアカネの牽制《けんせい》を待たず、ギンジが先に飛びだした。

手にした球体ドライバがギンジの無の力を得てメタモルフォーゼする。銀色に輝く鋭い刃を持つ巨大な斧型のドライバが、ぶんっと大きく風を切って唸《うな》り、茂みへと振り下ろされる。

ざっくりと切り裂《さ》かれた低木が、綺麗に真っ二つに割れ、地面に落ちた。

――誰も、いない!?

確かに生き物の気配を感じ取ったのに、切られた場所には闇しかなかった。

ギンジが〈ヤシャヒメ〉を掲げ、周囲を見渡す。

最初に響いたのは上品な低い笑い声だ。声は三人の真後ろから聞こえてくる。ぎょっとして振り返る。

振り向いた三人の目の前に、長身の老紳士《ろうしんし》がするりと姿を現した。いつの間に、背後に回られたのか。

「仕込みに来ただけなのですが、見つかってしまいましたかな」

額を上げ、撫《な》でつけられた白髪《はくはつ》。後ろ髪は長く伸ばされ、緑の紐《ひも》でひとつに束《たば》ねられている。眼窩《がんか》に嵌《は》められたモノクルのレンズの向こうで、知的な眸《め》がゆっくりと細められた。

その視線は最初に問答無用で切りかかったギンジへと向かっている。

「誰何《すいか》もせず、いきなり切りかかってくるとは無粋《ぶすい》ですね。もし相手がか弱き者であったらどうするつもりだったのです？」

「か弱き者はそんなふうに気配を殺して隠れてないだろう？　それにあんたは俺の一撃《いちげき》を躱《かわ》したじゃねぇか」

ギンジが言った。

「なるほど。随分《ずいぶん》と血気盛《けっきさか》んな若者ですね。これは今後が楽しみだ」

老紳士がくすりと笑う。

唇の端に刻まれた笑みの形を崩さぬまま、老紳士は続けた。

「あなたたちは特別訓練でこの地を訪《おとず》れたアカデミーの少年たちですね。そこの――銀色の髪のきみ。あなたがギンジくんですね？」

「……ああ。なんで俺の名前を知ってる？」

「年寄りはいろいろなことを知っているものなのですよ。ギンジくん――事のついでです。ひとつ、私と手合わせを願えますかな」

「え……。なんで!?」

アカネは驚いて聞き返した。事態に頭が追いつかない。

「なぁに。これもまた訓練ですよ。ギンジくん、いかがですか？」

「訓練て……え、なんだよ。ちょっと待てよ」

アカネが割って入ろうとしたが、ギンジはアカネを押しのけてすっと前に出た。

「望むところだ！　俺の〈ヤシャヒメ〉を躱されたのは気に食わねぇ。気に食わねぇ奴は何もかも――ぶっ壊す!!」

止める暇《ひま》もなかった。

ギンジはそのまま戦闘態勢へと転じる。

老紳士もまた、手にしたドライバを銃杖《じゆうじよう》のドライバへと変化させ両手に持ち、構えた。

力任せに振りかぶるギンジに対し、老紳士の身のこなしは風のように軽く、素早《すばや》い。老紳士の白く長い後ろ髪の束がふわりと舞う。タキシードの裾《すそ》がはらりと捲《めく》れる。

力とは――押しても、躱されてしまえば、するりと逃《に》げてしまうものなのか。

ひたすらに打ち砕《くだ》くギンジの斧は、老紳士の姿を捉《とら》えることができない。最低限の無駄《むだ》のない動きで右に左にと避《よ》ける老紳士に翻弄《ほんろう》され、ギンジが悔《くや》しげに歯を食いしばる。

「――っ」

ギンジの息が荒くなった。

杖も斧も、相手を追いつめるスタンスが長めに取れる長柄《ながえ》の武器ドライバだ。

それだけを見ればギンジも老紳士も、ドライバの性能と威力《いりょく》に差異はなく見える。

手足が長く力の強いギンジが振り回す斧型ドライバは、攻撃対象との距離を瞬時に詰め、粉砕する。いままでの訓練では、ずっとそうだった。

が――。

老紳士はギンジが振り下ろす〈ヤシャヒメ〉の攻撃範囲内《こうげきはんいない》に収まらない。銃杖型ドライバという飛び道具での応戦で、ギンジを遠ざける。〈ヤシャヒメ〉は老紳士を自陣の範囲に収めることができず、苦戦している。間合いを詰めてギンジが近づくと、杖の長柄がギンジの斧を迎え打ち、横に流して、力を払いのけられてしまう。

暗い森に戦いの光が瞬《またた》いた。

ふたりのドライバが唸る音がこだましている。

息を詰め、ふたりの戦いを見守るアカネとアオトの目の前で――ギンジの〈ヤシャヒメ〉が弾《はじ》け飛び、ぶんっと唸りを上げて地面に突き刺《さ》さった。

肩で呼吸をするギンジのすぐ目の前に老紳士が立っている。

銃杖型ドライバの銃口はギンジの喉に押しつけられている。

「ギンジくん。きみはとても強い。強いが、しかし——」

老紳士は穏《おだ》やかな口調で、説き伏せるように静かに告げた。

「——力の使い方が間違っている」

「……力の……使い方……?」

老紳士が銃口を下げた。戦闘のあいだ身に纏っていた殺気が消える。ドライバが球体へと戻る。手のなかに収めたそれをタキシードの内側へと仕舞《しま》う。

そうするともう、温厚で上品な紳士にしか見えない。

「老《お》い先短い身の上ですから、これからの長い未来を背負って生きる若者たちを、私は支えて過ごしたい。今日はきみと会えてよかった。ギンジくん——またいつか、力の使い方を覚えたきみと手合わせできる日を楽しみにしています」

微笑《ほほえ》んでそう言い、老紳士は自身の着衣の腕章《わんしょう》を掲げてみせた。金の縁取《ふちど》りで彩《いろど》られたその腕章は、アーサーの私設特務機関「ナイツ・オブ・ラウンド」の証《あかし》であった。

「世界評議会……?　しかもアーサーのところの……」

つぶやいたアカネに笑い返した老紳士の周囲へと風が集《つど》い、小さな渦《うず》を巻く。地面に落ちていた枯れ葉がくるくると巻き上がり、老紳士の姿を足下《あしもと》から瞬時に覆う。

轟《ごう》、と音がした。

突風が吹きつけた。

アカネたちはみんな強い風を避けようと腕で身体《からだ》をかばった。

あたりをざわめかせた木々と枯れ葉を打ち鳴らす風の音がぴたりとやんだ。

アカネは顔を覆っていた腕を下げる。

老紳士の姿は、唸りを上げて吹き荒れた風に巻き取られていったかのように消滅《しょうめつ》していた。あたりには闇だけが残っていた。


施設へと戻る帰り道——ギンジは無言だった。

「なんだったんだよ。あれ……」

アカネが言うと、アオトが返す。

「訓練って言っていたね」

「ギンジのこと、名指しだったよな。世界評議会から来たんだ、あのじーさん」

「そうだね」

ぽつぽつとアカネとアオトだけで会話をする。本気で戦って、本気で負けてしまったのだろうギンジは、おそらくはじめての「力を尽《つ》くした結果、負けた」という悔しさを噛みしめている。何を言えばいいのかわからないが、触れないでいるのもギンジの悔しさに拍《はく》車《しゃ》をかけるように思えて——。

「なぁ、ギンジ……。おまえは強い……と思うよ……俺は」

アカネは無言のギンジにそう話しかける。

「……っ」

ギンジが苛立ったようにアカネを睨み返した。

——負けたあとで「強い」って言われてもイラッとするよな。俺だって同じ立場になったらそんなふうになるかも……。

「でもあのじーさんも、アーサーが言ってた訓練の一環《いっかん》なのかもしんねーな」

アカネはギンジに睨まれても怯《ひる》まない。ギンジと老紳士の戦いを間近で見ることで、アカネはアカネで、大切なことを掴みかけた気がしたから。

「俺さ、さっきまで今回の訓練って何が目的なのか——もしかしたらドライバの開発に関わることとなんじゃねーのかって、考えてたんだ。でもなんか、違うことを見せられた気がする。俺たちがドライバを持ってる者として知らなきゃいけないことを。……それが何かはうまく言えねぇけど」

「どういう意味だ?」

「だって俺、訓練以外で何かと戦ったのって、暴走《ぼうそう》したパトロールドライバを止めただけだ。パトロールドライバのときは……アオトも側にいただろ？」

あれは――アオトをアカデミーに迎え入れようとしていた時期だ。

アカネとアオトとミドリは、街中で暴走したパトロールドライバを食い止めた。巻き添えになって怪我をした一般市民を助けた。

「ああ」

「あんときは、子どもと父親が危ないって思って、助けなきゃってだけで精一杯《せいいっぱい》でさ。訓練と実戦は違った。それで……俺たちがドライバ渡された意味って、なんだろってなって」

「ドライバに意味なんてねーだろ。あるのは勝ち負けだけだ」

「勝ち負け……なのかな」

銃口《じゅうこう》を喉に押しつけられたギンジの敗北の姿は、鮮明《せんめい》にアカネの記憶《きおく》に焼きつけられた。ドライバという強力な武器を使っての戦闘において、敗北は死を意味する。適合者が使うドライバは人を死に至《いた》らせる力を持っている。同時に、誰かを守るための防具《ぼうぐ》にもなり得る。

どう使うのか。

力尽くで何もかもをねじ伏せるギンジですら――力だけでは負けてしまうこともあるのだ。

アカネは、ギンジが負ける姿を見たことで、自分が手にしている適合者とドライバという「力」について思い至ることになった。

「あのじーさん、ギンジに『力の使い方が間違ってる』って言ってたよな」

「ああ」

「ギンジにだけ言ったんだとしても、俺にもあの言葉、届いた。——もし俺がドライバを持って戦うとしたら、それは大切なものを守りたいときだと思った。前からそう思ってたけど……もっと強く感じたっつーか」

自分に力があることに、意味を持たせることができるのは自分自身の意志だ。

何を守りたいのか……。

「俺たちの、適合者としてのこの力……それを俺たちがどう使うのかって。その使い道も考えないと……って」

「大切なもの……守るため……」

アオトがふと顔を上げる。

「力の使い道なんて……ぶっ壊すこと以外ねぇだろ」

ふいっと横を向いてギンジがうそぶく。

それぞれにたぶん違うことを考えている。

でも——適合者としての力を持っているという現実を、三人は同時に噛みしめているように思えた。

この先の未来がまだ見えないのは、三人それぞれに同じなのだ。

「……それにしても、さみーな。とっとと帰ってベッドで寝ないと風邪ひーちまう」

アカネは、ぶるっと震《ふる》えて上着の前合わせをかき抱くようにしてぎゅっと詰め、歩きだした。


帰り着いた先のキッチンでは、大量の型詰めされたチョコレートが冷やされていた。

苺味《いちごあじ》や抹茶味《まっちゃあじ》にトリュフ型と、「チョコってこんなに種類があるのか」と感心するくらい様々なものが作られていた。

「おかえりー。外、どうだった？　お星様綺麗だったー？」

ヒカリに笑顔で迎えられ、アカネは首を傾げる。

「星？　見てる余裕なかった」

「闇を……見てきたのね」

ユカリが言う。

「うーん。まあ……いろいろ……つーか、なんだよ。これ」

大量のチョコのなかで、まったく甘くない香りのする大鍋《おおなべ》が火にかけられている。

「スープだよ」

ミドリが答えた。

「スープ？」

「世界評議会から様子を見にきたっていう人が、アカネたちが戻ってきたときに寒いだろうから、飲ませるといいって作っていってくれたの。白髪で髭《ひげ》があって、タキシードを着た感じのいい、執事《しつじ》みたいな人」

「そいつって……」

「その、じーさんって……？」

ギンジとアカネは同時にそう言い、顔を見合わせた。

「ガレスさんっていう人だよ。野菜とか切る包丁さばきがすごかった。料理上手《じょうず》で、見とれちゃったよ。このスープ、味も美味しいんだな、これが。私たちみんな飲んだから、これはアカネたちの分だよ。ちょっと待って。いま、よそってあげるね」

ミドリとヒカリとユカリの三人で、てきぱきとスープをカップに注いで寄越《よこ》してくれた。

手渡されたスープカップに湯気が立っている。金色の透《す》き通ったスープから、美味しそうなたまらない匂いが漂ってくる。

口をつける。

滋味《じみ》が舌と喉にじわっと沁《し》みる。

「あったかいな。美味《うま》いや」

冷えて強《こわ》ばった身体が解《ほど》けていくような、優しい味がした。

「……薄味だ」

続いて口をつけたギンジが、文句《もんく》ありげにひと言そうつぶやく。

「でも、癖《くせ》になる味でしょ？　薄味だからこそ、おかわり欲しくなるんだよね。これ美味しいよ！　ね？」

ミドリがお玉を振って力説する。ミドリが作ったわけでもないのに、えらそうなのがミドリらしいといえば、ミドリらしい。

ギンジはそのままスープを飲み、ふとつぶやく。

「力の使い方……か」

「何？　なんの話？」

きょとんとするミドリに、

「なんでもねーよ。こっちの話」

と、アカネは笑う。

ヒカリが黙っているアオトにスープを渡す。

「僕はいい」

断ったアオトにヒカリが告げる。

「これ、アオトくんには特別に、冷ましてあるスープなんだよー。スープを作ってくれたガレスさんも、アオトくんの分は少し冷ましておいてあげてくださいって言ってた」

「………」

アオトはスープカップを受け取って、口をつけた。

――年寄りはいろいろなことを知っているものなのですよ……か。なんかこう、いろいろと負けた気がするなー。

アカネはぼんやりとキッチンを見回した。

ガレス――あの老紳士の痕跡《こんせき》がどこかに残っているのではないかと確認するように。

「明日からの訓練、真面目にやんないと」

思わず漏れた言葉に、ギンジとアオトが「ああ」「うん」と返事をした。施設の外で起きた今夜の出来事は、申し合わせたわけではないが、誰の口にも上らない。

思いはそれぞれで目的もそれぞれだとしても――何かが三人のなかでつながったような一夜だった。

ガレスとのことは、アカネたち三人の「男の秘密」だ。

――もともと今回の訓練、不真面目にするつもりなんてなかったけどさ。

「アカネ、そんなにきょろきょろしないの。心配しなくてもチョコは人数分あるから。物欲しそうに数えない」

ミドリが唐突にそう言う。

「そんなんじゃねーし!!」

ギンジが口の端で「ふ」と小さく笑った。アオトは変わらない無表情だが眉根《まゆね》がわずかに寄せられ、何を言おうかと困っているようにも見える。

「待てよ。待てってば。俺、すっかり非モテキャラ定着じゃん。そーゆーんじゃねーのに」

口を尖らせたアカネに、どうしてかその場がどっと湧《わ》いた。不本意だったが、みんなの笑顔は明るいから、別に笑われるのもいいかと思うアカネだった。


翌朝《よくあさ》である。

女子たちは昨夜のチョコ作りの際、朝食前の少し早めな時間に食堂に下り、チョコをすべて綺麗にラッピングして箱詰めすることにしようと話し合って決めていた。

その日、一番最初に起きて、階段を駆け下りていったのはミドリである。

「いっちばーん!!」

一番乗りの食堂――。

誰もいないと思い込んでドアを開けると――見たことのないトカゲ男がお茶を飲んでいた。

パッと見たところはシルクハットに短い丈《たけ》のベストを着込んだ二足歩行のトカゲである。爬虫類系《はちゆうるいけい》なのは確かだが、妙《みよう》な愛嬌《あいきよう》と、不思議《ふしぎ》な威厳《いげん》があった。

「え？」

「おやおや。あなたは、ずいぶんと朝が早いのですね」

赤い薔薇の飾りがついたシルクハットをかぶった赤い双眸のトカゲ男は、落ち着いた様子でティーカップを置き、立ち上がる。シルクハットに手を当てて小さくお辞儀《じぎ》をする獣人《じゆうじん》に、

「おはよう……ございます」

と、ミドリは慌てて頭を下げた。

「おはようございます」

トカゲ男もにっこりと笑って返事をする。シルクハットの横から二本の小さな角《つの》が覗《のぞ》いている。

背丈も低く、人間ならば五、六歳といったところか。けれど表情と物腰《ものごし》は、ミドリよりずっと大人びている。

そもそもミドリはトカゲ男をはじめとする獣人と、こんなに間近で話したことがない。

――獣人って、ほとんど人間と同じで耳とか尻尾《しつぽ》だけもふもふしている人と、ほとんど獣《けもの》っぽくてもふもふで立体歩行の人がいるみたいだけど……。この子は、ちょっと爬虫

類っぽい？

「外が寒くて、建物を見つけたのでこっそりと侵入《しんにゅう》してお茶をいただいておりました」

「あの……ええと……。こっそりとって……。あ……もしかして親に内緒でここに忍《しの》び込んだとか、そういう？」

「ええ。そうですね。家族に内緒で来たのです」

「……そうですか。あ……よかったらこれ！」

ミドリは自分が着ていた上着を脱いで、トカゲ男の肩にそっとかけた。

トカゲ男の長い尻尾が右から左へとゆっくり揺れる。

物問いたげに見返され、ミドリは続ける。

「寒いって言ってたから。私のでよければ、どうぞ」

「あなたは……弱き者に手を差しのべる人なのですね」

嚙みしめるようにそう言うトカゲ男に、ミドリはさらに続ける。

「もう少し待っててくれたら、朝ご飯です。お茶だけじゃなくご飯も食べていきますか？私、あなたの分のご飯もあるか聞いてきますね。待ってて」

駆けだそうとしたミドリを、トカゲ男が引き留めた。

「いえ。もう充分に目的は果《は》たしましたから。どうぞおかまいなく」

「目的？」

「ええ。……よろしければ、どうぞ僕のことはみんなには秘密にしてください。見なかったことに。約束してくださいますか？」

「わかったわ。約束する。みんなには内緒」

トカゲ男はくすりと微笑み、パチリと指先を鳴らした。するとティーカップがするりと姿を消した。

目を丸くするミドリの前でトカゲ男が告げる。

「種も仕掛けもございません。これはただの魔法です」

トカゲ男がミドリに上着を返し、食堂を出ていく。

ミドリは無言で小柄《こがら》な背中を見送った。

ドアが閉まった。

瞬間、ミドリの全身からふわっと力が抜けていった。対峙《たいじ》しているときはわからなかったが、ずいぶんと緊張していたようだ。トカゲ男の小さな体躯《たいく》からは圧倒的なエネルギーが放射されていた。

——いまのはなんだったのかなあ。

疑問に思ったけれど、すぐにユカリとヒカリが下りてきたので、それ以上深くは考えることをやめた。

——秘密にって言われたしね。

ミドリは約束を守る子なのである。

少し早めに起きたから眠いけれど、「これは誰にあげよう」と決めながらリボンと包み紙を選ぶのは、それはそれで楽しいひとときだった。

調整したわけでもないのに、みんなが持ってきた包み紙もリボンもばらばらで、だぶっていないことにミドリは感心してしまう。

「ヒカリが持ってきてくれたリボンはどれもキラキラして綺麗だね。ユカリのは紫とか濃いめのグリーンとかで、ぐっと渋《しぶ》い」

「ミドリちゃんのは個性的だねー。キノコ柄とか豚《ぶた》さんのお鼻のアップとか」

「可愛いでしょ？」

「うん。可愛い」

ヒカリがこくんとうなずき、ユカリは「可愛い？」と、しげしげと豚の鼻がドアップに写っている包装紙を凝視《ぎょうし》している。

「ユカリ、それがいいと思う？」

ミドリはひときわ大きなハート型のチョコを別によけて、ユカリにこそっと聞いた。ユカリは低い声で、

「ないわね。選ぶなら、そう……。こっちよ」

と、妖精が描かれたピンクの包装紙を差しだした。

「そうだね。うん。それだ」

「でしょ？」

ミドリは、そのひときわ大きなハート型のチョコを箱に詰め、ユカリの選んだ包装紙で包む。ユカリがそこに金の縁取《ふちど》りがついたピンクのリボンを結ぶ。

そしてふたりでひとつの箱をヒカリへと手渡し、言った。

「ヒカリ、誕生日おめでとう」

「え、これって私になの？　嬉しいー」

ヒカリは満面の笑顔で受け取ってくれた。

「じゃあ私からはふたりに。こっちはミドリちゃんに。こっちはユカリちゃんに」

チョコレート交換会を三人で済ませ、互いに笑顔になる。

ミドリは自分の目の前にいるふたりの少女の顔を見比《みくら》べる。

ふたり共に美少女で――ふたりそれぞれが真逆の印象《いんしょう》を人に与える。光と闇。ヒカリが手にしているのは金色のレースのリボン。ユカリが指先にからめているのはつや消しの黒に近い濃い紫の包装紙。

昨日今日と、女子組三人でただひたすら話して――チョコレートを作っていた。どうでもいいことを思いついた順番に話しながら過ごしていた。
けれど——その「どうでもいい話」の積み重ねが三人のあいだの距離を詰めていってい
るように感じられる。会話の隙間《すきま》に紛《まぎ》れ込むひと言が、互いの視点や感情を零《こぼ》し、それぞ
れに互いの本質を知り合っている。
——ここに来る前より、ユカリとヒカリのこと、ぐっと近くに感じられるなあ。
「そういえばさ……アオトがアカデミーに来たときに『ディバインゲートの鍵《かぎ》を見つけた』
って、アーサーさんに言われたんだよね。ヒカリとユカリも、それ、言われた？」
気づけばミドリはそう口に出していた。
ディバインゲート——聖なる扉。
そこに辿りつき、扉を開いた者は、願いを叶《かな》えることができるという幻《まぼろし》の存在だ。
おとぎ話の類だから、口にすると「まだ信じているの」と笑われる。だからミドリは最
近ではディバインゲートの話をあまり人にしなくなっていた。
「いいえ。初耳ね」
「私もいまはじめて聞いたよー。その話」
ユカリとヒカリは驚いたように目を見開く。
「そっか。アーサーさんが言うから、びっくりしちゃったんだよね。アカデミーにいても
評議会の人から正面切ってディバインゲートのこと、話されたりなんてしないでしょ？」

「そうね。アーサーは他に何か言っていた？」

「ううん。他には何も。そのままそれ以上のことは言われてないから、今回の訓練ってその見つけたっていう鍵に関係するのかなーって、昨夜《さくや》、眠る前に思いついたんだけど……違うのかな」

「さあ。どうなのかしら。アーサーの考えていることは私にはわからないわ」

「そうだよね。アーサーさんの考えはたぶん誰にもわからないよね……」

ミドリはぼんやりと、ふたりに話すというより、自分の心に向かうようにして話しだす。

「あのね……私、一回だけ見たことがあるんだよ。ディバインゲート。空中に、すごく大きな——光を集めてできているみたいな扉が浮かんで見えたの。なんていうのかなあ。虹と夕焼けと雲と蜃気楼《しんきろう》とをみんなまとめて扉の形にしたみたいな、不思議な光景でさ。私が見たんだって言っても、誰も信じてくんないんだけどね」

「そう」

「見たあとすぐに、気を失っちゃってさ。倒れてるところを大人《おとな》に発見されて、担《かつ》ぎ込まれて……。気絶した直前に見たものは、それは夢か幻でしょうって片づけられちゃって」

「気を失った？」

ユカリの眉がぴくんと動いた。

「ちょうど……ショックなことがあったあとだったから、精神的な衝撃に耐えかねて、そのせいで倒れたんじゃないかって。実際、病院でも検査してもらったけど特に何もなかったんだよね。倒れたの、わざとじゃないのに、なんでかあとになって親に目茶苦茶怒られちゃった……」

「心配だったから怒ったんだよね。きっと」

ヒカリがふわりと言う。

「そう言われた。でもわざと倒れたわけじゃないのに、理不尽《りふじん》だって思った。なんかさあ、親ってときどきすっごく理不尽だよねー」

「親って、そういうもの？」

ユカリが不思議そうに聞いてくる。

「ユカリのところは違うの？」

聞き返したらユカリがさらりと答える。

「私、親がいないから違うかどうかもわからないわ」

「え？」

「もちろんこの世のどこかに親はいると思うわ。私だって、空中から突然、湧きだしたはずはないもの。ただ――知らないのよ。私、小さな頃の記憶がないの。気がついたら常界《テラスティア》にいたわ。私が持っていたのはドライバ〈アビス〉だけ」

「そうなんだ。ごめんなさい」

ミドリはしゅんとした。

「いいの。親がいないことも記憶がないこともつらいわけじゃないから。気にはなるけれど……。自分がどこから、どうやって来たのかって。たぶん私の出自の手がかりになるのは〈アビス〉なんだろうなと思って、それで私はアカデミーに来たのよ。〈アビス〉について知ることで、自分のなくした記憶についてもわかるかもしれないと思って。……でも、まだわからない」

途中から、独白《どくはく》めいた、自分に言い聞かせているみたいな言い方になった。

ヒカリがぽつりと、つぶやく。

「ユカリもそうなんだね」

「そうって？」

「私も、生まれたときからずっとドライバ〈リュミエール〉と一緒なの。ユカリと違って私には小さな頃の記憶はあるけれど……それでも、誰が私に〈リュミエール〉を渡してくれたのかがわからない……」

ユカリとヒカリは、同時に何かを考え込むように口を噤《つぐ》んだ。

互いの想いと本音が交錯《こうさく》する。

ここに至るまでに積み重ねてきたひと晩ぶんのチョコレートと、小鳥のさえずりみたいな意味のない会話が――三人を結びつけている。意味のないことを話したから、それぞれにとって重たい、意味のあることを相手に手渡す会話ができる。そういうつながりが――三人のなかに結ばれた。

「そっか。ユカリもヒカリも、それぞれにアカデミーに来た理由があるんだね。適合者になって、入学を世界評議会に勧められたからっていうだけじゃない目的。私はね、ディバインゲートを見つけたくてアカデミーに来たんだ」

ミドリが言う。

「そう。ディバインゲートに辿りつきたいと思っているというなら、何か、叶えたい願いがあるのね？」

「うん……」

「その願い、叶うといいわね」

ユカリが言った。

「ミドリだったら絶対に叶えられるよー」

ヒカリが笑った。

「そうかなー。叶えられるかなー。……でもそう言ってもらえるとすごく嬉しいな。いままでいろんな人に『ディバインゲートなんてないに決まってるじゃない、馬鹿馬鹿《ばかばか》しい』って言われてきたからさ」

「いろんな人に？」

ヒカリがミドリの言葉をうながすように、軽く首を傾げて尋ねる。

「……ひとりだけ、笑わない友だちがいたけど………」

一緒にディバインゲートを信じていた親友のことを思いだし、ミドリの胸がきゅっと引き絞《しぼ》られたように痛くなる。

――今回の訓練遠征、どうしてかなあ。やたら思いだす。エレナのこと。

「そう」

ユカリはだいたい言葉短く「そう」くらいしか言わない。なのに、その言い方がときどきとても雄弁《ゆうべん》で、ミドリはなんだか泣きたくなる。

ミドリは唇を引き結んだ。視線を落としてチョコレートを箱に詰め、包みだす。

「あのね、ミドリちゃん、ユカリちゃん」

「何、ヒカリ?」

ぶんっと顔を上げてミドリはヒカリを見返す。ユカリの綺麗な双眸がゆっくりと瞬かれる。

「ミドリちゃんは、ネクストのことをどう思う?」

「ネクスト?」

「知らないかしら? 生まれたときから二つ以上の種族が混じり合った者たちのこと。常界《テラスティア》の人間と天界《セレスティア》の妖精とかね。混種族〈ネクスト〉と言われているわ。魔界《ヘリスティア》と天界《セレスティア》と常界《テラスティア》の種族が、それぞれの枠《わく》を超えて結婚し、生まれてくる次世代の種族よ。いま、魔界《ヘリスティア》から魔族や、あとは獣人たちも、常界《テラスティア》に来ることが多くなってきていて、たまにそういうこともあるわよね」

「それって、セカンドって言うんじゃなかったっけ？」

——誰かに教えられた気がするけど、あやふやだなあ。最近のニュースで見た気がするんだけどなあ。

ぼんやりと応じたら、ユカリが訂正《ていせい》してくれた。

「セカンドは生まれたあとで混ぜ合わせた種族のことよ。人間と妖精、悪魔と神……みたいにね。改造実験で生まれているらしいわ」

「改造実験？　何？　そんなことやってる人たちがいるの？」

それはミドリにはまったくわからないことだ。

「噂《うわさ》よ。いるらしいという噂。それこそディバインゲートと同じような類の——噂。でもセカンドの噂は、ディバインゲートみたいに夢に溢《あふ》れたおとぎ話ではないわね。暗い闇のなかの物語……。〈セカンド〉と〈ネクスト〉の使い分けはまだあやふやで、固定されてはいないようだけれど、根本の部分で違うのよ」

「えーと……。それ、ユカリはどうしてそんなに詳《くわ》しいの？」

「調べたから。〈アビス〉と自分の記憶を探《さぐ》るために、私はいろいろなことを調べている。

それだけ」

「そっかー。ユカリは実技訓練だけじゃなく、座学の勉強のほうも成績いいもんね。さすがだー。んー、私、その説明聞いてしまうと、改造実験のセカンドはちょっと怖いかなあ。でもネクストについては……ロマンティックな気がする！」

「ロマン……」

「……ティック？」

ユカリとヒカリがきょとんとしている。

「だって……愛じゃん！　種族を超えた愛の結果でしょ？　えー、奇《く》しくも今日はバレンタインですよ。今日、この世界のどこかでチョコの告白で愛が生まれて……そして結婚。それでネクストたちが生まれちゃったり……って、あ、ちょっと待って。うっわー。想像したら恥《は》ずかしくなった。きゃー」

顔が火照《ほて》って身悶《みもだ》えるミドリだった。

ヒカリもミドリと一緒になって「そっかー。ロマンティックかー」と頬を赤く染めている。

ユカリがくすりと笑った。

「ミドリってちょっと馬鹿ね」

「何よ。ユカリ。それどういう意味よっ」

「馬鹿な子には旅をさせるといいという話よね。きっと今回の訓練遠征、ミドリのためになると思うわ」

一拍置《いっぱく》いてから、ミドリは大声で言い返した。

「それ、可愛い子には旅をさせろだからっ。間違ってるから！」

「ふふふ。意味は一緒よ」

「何それ。なんで上から目線なのよ。ユカリ。ヒカリー、笑ってないで、ユカリになんか言ってよー」

そうして――三人は笑い合いながらチョコレートをひとつひとつ包んでいった。

朝食で食堂に下りてきたアカネたちにチョコを手渡した。

ヒカリはにこにこしながら全員にひとつひとつ手渡し、ミドリは走っていってみんなに配ってまわる。ユカリはというと黙って佇《たたず》んでいて、側に来てくれる人に「はい」とチョコを渡していた。自然とユカリの前にチョコ待機列《たいきれつ》ができている。

「ちょ……、先生たちも並ばせるんだ」

呆気《あっけ》に取られるミドリにユカリは無表情で、

「効率がいい方法を取っているだけよ」

と言う。

三人三様である。

ミドリは、講師たちのあとでアカネ、アオトと手渡してから、ギンジの前に立った。ギンジのきつい双眸で見下ろされ、少し緊張しながらミドリはチョコを渡す。

「えーと……はい」

——どうしよ。興味ないって言ってたけど、まさか突っ返されたりはしないよね。

どきどきしながら差しだしたチョコの箱を、ギンジは「ああ」と面倒くさそうに受け取った。でもミドリがほっと胸を撫で下ろした瞬間、小声で「わざわざ、わりーな」と言ってくれた。

そうやって全員に配り終えて——。

「あれ……、この包み……私たちの作ったのじゃなくない？」

チョコの山がすべて消えたあとに、ポツンと大きな箱が残っていた。

「そうね。手作りじゃないわね」

「あー、この和紙みたいな包装紙とリボン、知ってる。これってすごく有名で、行列のできるお店のチョコだよ」

「……本当？」

ヒカリに言われて包装をしげしげ眺める。おしゃれな感じに店名が記されている。たしかに雑誌やニュースサイトなどで「今年の本命チョコはここで買うべし」と熱く推《お》されていた、超有名ショコラティエの店のものだ。

「これさ……すっごい高いんだよね。チョコ一粒がもう宝石みたいにキラッキラしてて」

「ええ。美味しいらしいわね」

「私の友だちが、予約しないと買えないチョコだって言ってたよ」

これは——どう見ても「本命チョコ」である。

「ヒカリとユカリのチョコじゃないのよね？」

ミドリはすぐにふたりへ尋ねた。

「違うわ」

「うん。私のじゃないよー」

「すみませーん。このチョコに見覚えのある人いますかー!?」

ミドリはその場で大声を出した。ミドリたちにもらったチョコの包みを開けて食べている講師陣が「知らないアルー」「知らないわ」などと口々に言って首を横に振っている。

「……ってことは……誰のだろう。もしかして昨日の夜に来てくれたガレスさんの忘れ物……じゃないとしたら……あ」

——あのトカゲ男さん!?

内緒にしてくれと言われて、ミドリはうなずいたのだった。だからミドリはみんなに彼のことを話せない。

――でもあの子の本命チョコだとしたら、相手は誰!?

聞いて、ちゃんと相手に渡してあげなくては。

そう思ったと同時にミドリはチョコの箱を抱え、外へと駆けだしたのだった。


もういなくなっていると思っていた。どれだけミドリの足が速かろうと、追いつけないこともある。トカゲ男が施設を出ていったのは朝早くだ。遠くに行ってしまったに違いない。どこに向かったのかもわからない。

なのにミドリはチョコの箱を抱えて外に出た。

何もしないで嘆《なげ》くようなことはしたくない。ミドリは過去に一度、大事な人を「見失って」いる。それからミドリは、失敗してもいいから身体を動かそうと心に決めてきた。

走りまわって、駆けて、駆けて、駆け抜いて――手を尽くして身体を張って、全身全霊《ぜんしんぜんれい》を込めて物事にぶつからないと、後悔する。「手遅れだった」と、あとになってから悔やむようなことはもうしたくない。

駅から施設までは一本道だった。だからその道を走っていけば、もしかしたら捕《つか》まえられるかもしれない。その一心だった。

「おーい！　トカゲのー!!　男の子ー!!」

走りながら大声を出した。どこかにいたらこの声で気づいてくれるかもしれない。

我《われ》ながら無謀《むぼう》というか、行き当たりばったりだと思う。思うけれど、何もしないよりずっとマシだ。

と――。

「それは僕のことですか？」

それまで誰もいなかったはずの道の端に、忽然《こつぜん》とトカゲ男が姿を現した。

ミドリは驚いて固まってしまった。

「そ、そうです。あなたのことです」

「ずいぶんと一生懸命走ってきたのですね」

「あ……はい。だって。私、あなたを捜《さが》してたんですよ」

はあはあと息を荒くしてミドリはトカゲ男に向き合った。

「どうして僕を捜していたのですか？」

「それは――これです。これ、あの食堂に置いてあったんです。誰も心当たりがいなかったから、もしかしてあなたの忘れ物じゃないかなって。今日ってバレンタインなんです。誰かに渡すためのチョコを忘れていったのなら、渡さなきゃって思って」

「チョコ……ですか？」

「忘れ物じゃなく、施設にいる誰かに渡すためにこっそり来たのなら、私、代わりにきちんと相手に渡してきますから。ヒカリがね……えーとヒカリって私と同じアカデミーの生徒なんだけど……ヒカリがバレンタインチョコをあげるとみんな笑ってくれてそれが嬉しくて幸せって言ってて、私もそうだなーって思って……それで」

「僕の物ではないです。忘れ物でもない」

トカゲ男はミドリの手から箱を受け取り、いぶかしげな顔をした。両手で箱を抱え、目の高さに持ち上げてしげしげと眺める。

「あなたのじゃ……ないんですか……？」

全力で走ってきたぶん、どっと疲れが出た。ミドリはその場にしゃがみ込みそうになる。

——あ。この子、瞳孔《どうこう》がダイヤみたいな形だ。

間近で見て、トカゲ男の双眸が人のそれとは違うことにミドリは気づいた。ぞくっとくるような煌《きら》めきを放つ真紅の双眸が、チョコの箱を検分している。ゆっくりと箱から顔を上げ、ミドリへと視線を向ける。

「カードがついていますよ」

「え？」

トカゲ男はラッピングされた包み紙の重なり合った端の部分から、一枚のカードを引きだした。包み紙を開ければ途中でカードの存在に気づいたかもしれないが、開封《かいふう》しないままだと奥まで押し込まれたカードはパッと見ではわからなかった。

「ベディヴィアより、アカデミーのみんなへ、と」

カードに記載《きさい》された文字をトカゲ男が読み上げる。

「ベディヴィア……？」

知らない名前だ。

「どうやら皆さんへの、ベディヴィアさんからのチョコのようですね。どうぞ」

手渡され、ミドリはカードを開いた。

『バレンタインは聖バレンチヌスの死んだ日で、戦いに向かうときや試験のときなどに成果を祈って渡すものです。みんなの訓練の成果を祈ってます』

カードにはそう書かれていた。

「……え？　ベディヴィア……さんって誰ですか？」

首を傾げるミドリである。

「知らないのですか？　アーサーの私設特務機関、円卓の騎士《ナイツ・オブ・ラウンド》のひとりですが」

ミドリはぶんぶんと首を横に振った。

「それから……あの……バレンタインって実はそういうものなんですか？」

「違いますね。おそらくベディヴィアさんは、また、誰かにだまされたのでしょうね……。

ベディヴィアさんはそういう人なのですよ。とてもだまされやすい。そしてとても真面目なのですよ。勘違《かんちが》いが発端《ほったん》であれ、今回の訓練がよきものになるようにとベディヴィアさんが心を砕いているのは確かです」

「……はあ」

――どうしてこのトカゲ男さん、アーサーさんの私設特務機関のことや、メンバーの人のことまで詳しく知ってるんだろう。

疑問が脳裏を過ぎったが、トカゲ男が優しい口調でミドリに話しかけるから、口に出すタイミングを逸《いっ》してしまった。

「とにかくこれは、アカデミーの皆さんの訓練の成果を祈って贈られたもののようです。皆さんで食べるといいでしょう。どうぞ――」

チョコの箱はトカゲ男からミドリへと返された。トカゲ男はシルクハットに軽く手を当て、そっと掲げる。

「用件はもう済みましたね。それでは私はこれで――」

「はい。すみません。私……あなたを無理に引き止めてしまったみたいですね……。あの……」

トカゲ男は手ぶらだった。

そしてミドリはポケットのなかにあとひと箱チョコを持っていた。

「だったら、これ」

ミドリはトカゲ男に、ポケットのなかから取りだしたチョコを手渡す。

――抹茶のチョコ。

紫のリボンで飾ったチョコは、ミドリにとっては「本命チョコ」だ。大切な「見失ってしまった」親友を思って作った。そして自分で食べるつもりだった。でも、渡したい相手はいまは側にいないから。

幸せをチョコの形にして、人に手渡す。昨日今日とミドリたちはそういう気持ちでチョコを作ったのだった。

だから――自分で食べるのではなく、誰かに渡そう。

トカゲ男を前にして、ミドリは素直にそう思った。

「本当はこれ、自分で食べようと思って作ったんです。でも、私、今日たくさんチョコをもらったから。ヒカリとユカリにもらって、それからこのベディヴィアさんからのチョコまでもらったら、自分用はいらないかなって。よかったらこれ、もらってください」

トカゲ男は少し戸惑《とまど》った顔をした。

けれど断ることなく、ミドリのチョコを受け取った。

「ありがとう。それでは私の家族と食べさせてもらいますね。私の娘は紫色のリボンが好きなので、きっと喜ぶと思います」

「はい」

トカゲ男とミドリは顔を見合わせ――微笑みを交《か》わした。

男の指先がパチリと鳴った。

トカゲ男の姿はかき消え――つむじ風がミドリの前でくるくると渦巻《うずま》いて空へと上っていった。


カツカツカツ……と靴音《くつおと》が響《ひび》く。

アーサーの執務室――空間に出現した光が螺旋《らせん》を描き、頭上から降下する階段の形に変化する。その階段を下りてくるのはロキだった。

昨日、アカデミーの訓練生たちは開発された新型ドライバの訓練遠征から戻ってきた。

その報告書をアーサーは読んでいる。

どうやらアーサーは今日もまた、睡眠を削《けず》り仕事をしていたようだ。ロキは濃いめに淹《い》れたコーヒーをアーサーの机の上に置いた。

「新型ドライバの性能は一段と飛躍《ひやく》したらしいね。ただ、性能がアップした分、能力値の高い者にしか制御できないと聞いたよ。誰にでもたやすく使えるドライバを開発予定だったのに……ね」

ロキが言う。

「ああ。だがそれはおまえの想定内……だろう？」

アーサーはロキの置いたコーヒーを手に取り、口をつける。

「今回、きみが選んで遠征させた訓練生たちは、どうやら使いこなしてしまったらしいけどね」

訓練結果の報告書はロキもすでに知っている。

手強《てごわ》いドライバに辟易《へきえき》し――場合によっては新型ドライバが暴走し、訓練生たちが怪我をするという可能性もあった。けれどアーサーはアカデミーのなかから六名の生徒を選びだし、彼らに訓練をさせると押し切った。

「それもまた想定内のことだ。乗りこなすのが難しいじゃじゃ馬であっても、乗りこなせる技術や才能がある者がいれば、どうとでもなる。おまえの思惑《おもわく》とは違う結果になったのかもしれないが、俺にとってはこれも想定内の結果だよ」

肩をすくめたアーサーにロキは微笑み返す。

ロキはアーサーのこういうところが大好きだ。ロキが表面に出さないでいる計画や思惑をするりと躱し、思いもよらぬ結果を引き起こし、笑ってみせる。イッツ・ア・ショータイム。ロキにとってアーサーは次々と楽しいショーを見せてくれる最上のエンターテイナーであり、最強の王だ。

「思惑なんてないよ。僕は楽しいことが大好きなだけさ。そうだ。その報告書には書いていないかな？　どうやらオズがトカゲ男に変装をして、あの子たちの様子を見にいったようだ。訓練内容やメンバーに不審《ふしん》を抱《いだ》いて見にいって……『弱き者に手を差しだす子たちだとわかったので』って、口を挟《はさ》むことなくこっそり帰ってきたらしいよ」

「ああ」

「それでね。アーサー。あの子たちはバレンタインデーを充分に楽しんだみたいだ」

「バレンタイン？」

「アーサー、知っているかい？　バレンタインデーというのはもともとは聖バレンチヌスが処刑された日なんだよ。いまや愛の告白の日になっているなんて、ずいぶんと都合《つごう》よく美しいものにねじ曲《ま》げてしまったものだね」

含み笑いと共に言葉を吐きだす。アーサーは眉を軽く上げ、言い返す。

「ねじ曲がった結果であっても、美しいものに罪はない」

「そうかな。兵士たちが妻を置いて戦地に赴《おもむ》くと、妻のもとに無事に帰りたいがゆえに戦意を失い支障《ししょう》をきたすと、ローマ皇帝が兵士たちの結婚を禁じた時代の話だよ？　司祭バレンチヌスは、皇帝に抗《あらが》って、内密に、兵士たちの結婚式を執《と》り行って、そのせいで処刑された。後に聖人に祭り上げられて、死んだ日を愛の告白の日にされるなんて……滑稽《こっけい》じゃないか」

アーサーは無言だった。

ロキはくすくすと笑った。

「聖人っていうのはだいたいみんな滑稽で、死んだあとに奉《たてまつ》られるものなんだよね。ねえ、アーサー?」

アーサーはロキを一瞥《いちべつ》する。睨み上げたアーサーの視線の鋭さに、ロギはわざとらしくぶるぶると震えてみせた。

「ふふ……。怖い顔だ。アーサー。バレンタインの日の、ドライバ運用訓練は無事に成功したけれど……でもこのあとも果たしてうまくいくのかな」

アーサーは答えない。

ロキは片手を執務デスクに置き、アーサーの顔を覗き込み、尋ねた。

「きみはこのあと、彼らをどうするつもりなのかな?」

「為《な》すべきことをするだけだ」

アーサーは不遜《ふそん》な笑みを口元に湛《たた》え、ロキを見上げた。

-King and Mischievous Interlude-

Divine Gate

蒼のクリスマス Another

蒼のクリスマス

月光の蒼く美しいクリスマスの夜、
何者かによって666人の一般人が惨殺された事件。
世界評議会はこれを爆発事故として真相を隠蔽している。
唯一の目撃者である獣人ルリにより、
実行犯は「青い瞳で水の刃を使う」という証言がある。

世界評議会のきらびやかなタワー。上階の窓からロキは外を見下ろしていた。光を撒《ま》き散らしたかのような夜景が、タワーの足元に広がっている。

空は暗《くら》く、地表はまばゆい。

けれどこれは現実にホログラムをかぶせた偽《にせ》の光景だ。

「やれやれ。これではどちらが天でどちらが地上か、わからなくなりそうだねぇ」

ロキの顔の右側――化粧《けしょう》をほどこした道化師《どうけし》の仮面は常に微笑《ほほえ》んでいる。対してもう片側の口元は侮蔑《ぶべつ》を含んで歪《ゆが》み、深緑の目は暗く冷たい。

目に映る光景のどこまでが真実で、どこからが世界評議会が「かくあるべし」と人に見せるために用意した幻想《げんそう》かを気にかける者は、もはやそう多くはいない。

世界は、なかに暮らす生き物ごとすべて世界評議会の手によって丁寧《ていねい》にラッピングされている。生活も思想も何もかもを統治《とうち》され、包まれているということにすら気づけぬまま、人はぬくぬくと日々を暮らしている。

「さて、誰《だれ》に渡されるための贈り物なのかな」

室内で、ロキの悪戯《いたずら》めかした独白《どくはく》を聞く者は、いない。

ロキは窓の側を離れ、部屋に用意されている端末器《たんまつき》にアクセスする。データベースに触《ふ》れると白い指先からぼうっと蛍光《けいこう》グリーンの光が浮き上がる。淡《あわ》い色彩《しきさい》の灯火《ともしび》は鋭角的《えいかくてき》なラインを辿《たど》り、文字を打ちだす。

そしてひとりの少年の画像がちかちかとディスプレイに明滅《めいめつ》する。

――蒼《あお》のクリスマス。

機密事項《きみつじこう》。

これもまた世界評議会がラッピングしてしまった贈り物のひとつだ。箱に入れられた過去の光景は手に取って開封《かいふう》されるまでは、誰のものでもない。

「人はあまりにも何もかもを忘れてしまう。でも忘却《ぼうきゃく》は人の心が壊《こわ》れないための装置《そうち》でもあるらしいと聞くね」

アーサーはこの日、何をしていたのかな。

それを思い返したロキの唇《くちびる》の両端《りょうはし》が同じ形に持ち上がる。

心から湧《わ》き上がる掛け値なしの微笑《びしょう》。

「こんなのただの悪戯さ」

ロキは、蒼のクリスマスという記憶の包みのリボンに手をかけた者の痕跡《こんせき》を確認する。

アカデミーの講師。ウンディーネ。アクセス権限レベルは3。

人の指に指紋《しもん》というものがあるように、情報を開示させるためのステップも人それぞれで決まった形を持つ。ロキが見つけたのは、ウンディーネならば辿《たど》らないステップでの情報開示方法の跡だ。おそらくこれはウンディーネのアクセスキーを借りて、別な誰かが記《き》録《ろく》を盗《ぬす》み見ようとしたのだろう。

「神々のごっこ遊びさ」

リボンを解《ほど》いて機密事項の包装をゆっくりと広げてみたが、手元がぶれて、包み紙の端が少し破けたというところか。びりびりと破けた音が聞こえた気がした。途中で完璧《かんぺき》な開封を諦《あきら》めたのだろう。

少しだけ愉快《ゆかい》に思え、ロキの口角の角度がさらに上がった。

誰にともなくロキはささやいた。

「さて――」

覗《のぞ》いてみようか。思い出してみようか。誰かがラッピングを破ってしまったことだし。

あの日の出来事を。

本物の月の輝《かがや》きが世界を照らした夜の光景を――。

誰かが世界を水槽《すいそう》だと言った。人は群《む》れて泳ぐ魚の相似《そうじ》。クリスマスに浮き立ち着飾る人はまるで金魚と熱帯魚《ねったいぎょ》。金の巻《ま》き毛《げ》の髪《かみ》と蒼い双眸《そうぼう》を持つ少年はまっすぐに歩いていく。少年の双眸がイルミネーションを反射《はんしゃ》して光る。

フードをかぶり、暗い色のマントで身体《からだ》を包んでいる。少年の姿だけは無彩色《むさいしょく》だ。灰色のマントの裾《すそ》がひらめいて捲《めく》れる。人波のなか、彼だけは金魚にも熱帯魚にも見えない。なぜなら少年は漆黒《しっこく》に塗《まみ》れているから。

水槽のなかだからこそ少年の異質さが際《きわ》だつ。泉水《せんすい》の源《みなもと》のように少年の心と双眸から、周囲とは色の違う黒い水が滲《にじ》みだしているかのよう。少年の前で人波がふたつに分かれ、行き過ぎると背後でまたひとつに戻る。

少年の身内に潜《ひそ》む凍りついた刃《やいば》は何が起きても溶けることなどない。

少なくともいまは、まだ——。

夜を歩く少年の側には誰も寄らない。少年が寄せつけない。

野生の獣《けもの》が本能で強いものを察知し、避《よ》けていくのと同じだ。金魚と熱帯魚たちはひらひらと少年を避けるように分かれて行き過ぎ、離れたあとでほうっと吐息《といき》をついている。何に脅《おび》えたかもわからないまま、傍《かたわ》らに立つ誰かと談笑《だんしょう》の続きをはじめる。他愛《たあい》のないどうでもいいことを話し、笑う。

クリスマスだから。

少年がマントとフードを身につけ、自分の顔を隠《かく》しはじめる前の話を語ろう。かつて家族と共に過ごし、仕立てのいい年相応の衣服で日々を過ごしていたときの話だ。

それは蒼のクリスマスから数え、二年前のことである。

その日、少年は家で夜を過ごした。

食卓にはご馳走《ちそう》が並んでいた。三人分の食器のセットが用意されていた。湯気の立ったスープに、血の滴《したた》るようなステーキ。

室内はとても暖かく、両親の頬《ほお》は内側の血を透《す》かすようなうっすらと赤い色に染《そ》まっていた。

「アオトが適合者になってくれて父さんも鼻が高いよ」

「本当に。これでアオトの将来は安泰《あんたい》ですもの。適合者になれば世界評議会に認められるわ。もしかしたら職員に選んでもらえるかもしれない」

「もしかしたらじゃない。絶対に選ばれるに決まっている。アオトは優秀だからな」

「そうね。もちろんよ」

茶番だ。少年の頭上を両親の会話が横切っていった。心には届くことのない上滑《うわすべ》りの会話だけがくり返され、少年は苛立《いらだ》つ。ナイフとフォークの触れ合う音。ふと視線を上げる。

窓硝子《まどガラス》にはリビングの照明の灯《あか》りが瞬《またた》いて映っていた。

　硝子窓に映る自分の顔が、自分ではなく、少年と同じ顔を持つ双子《ふたご》の兄の姿のように見えて一瞬《いっしゅん》、息を呑《の》む。

　映り込んでいる少年の白い顔の表情までは見えない。どうして自分はここに座っているのだろう。

　そして、どうしてここに兄はいないのだろう。

　兄が、硝子越しにこちらを見ている錯覚《さっかく》。兄の双眸は澄《す》んでいて、自分の心を見透《みす》かされているような気がしてときどきひどく苛立つ。少年は兄の生き方が大嫌《だいきら》いで、侮《あなど》っている。それでももし、兄が少年に「一緒に逃《に》げよう」と言ってくれたとしたら――もしかしたら自分は兄と……。

　いや、兄は決してそんなことは言わないだろう……。

　兄の蒼い双眸に見え隠れする光の意味を、少年は理解できずにいる。

　少年が兄に寄せる焦燥《しょうそう》と憧憬《どうけい》と情愛と苛立ちは、兄の蒼い双眸のなかで形を結ぶことはない。

　硝子窓に映る少年の似姿が、侮《ぶ》べつするように自分を見返した気がした。自分たち兄弟《きょうだい》の能力は拮抗《きっこう》しているのだと知っているのに、甘んじてその場所に居座る理由はなんなの？　いつまでそこで親のあやつり人形のふりをして座っているつもりなの？　こんなのは欺瞞《ぎまん》だと知っているのに？　不満を抱《かか》えたままそうやって円満な家族ごっこを続けているつもりなの？

誰が言うのではなく少年自身の胸中《きょうちゅう》の似姿が、そう尋ねた。尋ねられた途端《とたん》、答えが手のなかに落ちてくる。

世界はもうとうに終わっていると、きみは知っているでしょう？

すべてが間違っているこの世界に粛清《しゅくせい》を。

出よう。

居場所を探しに外に。

偽善者《ぎぜんしゃ》たちとは別れて。

粛清という祝福《しゅくふく》を世界に。

少年の手に握《にぎ》られていた食事用のナイフをドライバに持ち替える。力を溜《た》める。手のなかで水の剣が形を持つ。

涙は流さない。その代わりに血を流す。少年の心も双眸も、もうずっと雨の檻《おり》で閉ざされている。涙という水分はこれ以上は不要だ。すべてを洗い流すために必要な代償《だいしょう》行為。行われたのは血の洗礼《せんれい》だった。

両親の悲鳴を聞いた少年の双子の兄が、部屋をそっと覗《のぞ》いた。血と焔《ほのお》で彩《いろど》られた赤い部屋は見知ったそれとは違う光景で——弟は部屋の真ん中で微笑んでいた。

双子だから、よく似た顔。

けれど見たことのない表情。

弟が歩いてくる。すぐ横を通り過ぎる。

景色に紗《しゃ》をかけるようにして雨が降っていた。

弟と兄とのあいだを雨の檻が取り囲んでいた。

「兄さん、またね。元気で」

清々《せいせい》したような笑顔で弟が兄に言う。まだそのときは再会をする気持ちでいてくれたのだろうか。またね、と弟は最初に告げた。

だから兄は追いかけようとした。

「待って……！　行くな……！」

手を伸ばし、弟に触れた。つないだ指先に衝撃《しょうげき》が走る。

互いのあいだを稲妻《いなづま》が走り抜けたかのようだった。

「痛いよ、兄さん……」

弟が言う。

そのときに弟は兄のなかに何を見たのだろう。

置き去りにされた者は、そのあとは自分を捨てていった、ただひとりを思えばいい。けれど置き去りにして消えた者は、それまで自分を取り囲んでいた世界丸ごとを捨てる決意と痛みを持って失踪《しっそう》する。

どちらが痛いかの比較《ひかく》は無意味だ。

「やっぱり僕たちはもう、会わないほうがいい」

弟がそう告げた。

振り払われた手は行き場を失い、空を切った。

弟を追うために駆《か》けださなくてはと思うのに、足が動かない。どうしてだろう。兄はいつも最初の一歩をためらってしまう。

自立型ドライバ〈ノントロン〉が到着《とうちゃく》し、立ちすくむ兄を取り囲んだ。

「アオト……」

つぶやいた兄は直後、唇を引き結び空を見上げる。

そうして兄は――以来、弟であるアオトという名を自分の姿に覆いかぶせる。アオトの犯《おか》した罪のすべてを己《おの》がものにするために。

犠牲《ぎせい》になることで自分以外のみんなが幸福になると信じて。

蒼い双眸の少年たちの真意は彼ら以外には見えず、覆い隠されている。

誰かが世界を水槽だと言った。人は群れて泳ぐ魚の相似。クリスマスに浮き立ち着飾る人はまるで金魚と熱帯魚。金の髪と青い双眸を持つ猫背《ねこぜ》な青年は退屈《たいくつ》を持てあまし歩いていく。量子力学においてシュレディンガーの猫は、観測者の存在を得て実体を確定する。閉じた箱のなかにいる猫が生きているか死んでいるかは、箱の蓋《ふた》を開けて確認しなくては誰にもわからない。

青年シュレディンガーはマフラーを巻いて首を覆い、薄手のコートを羽織《はお》っている。人のざわめきは水底で聞く音のように、シュレディンガーからはくぐもって遠い。

なぜなら青年は倦《う》んでいるから。

だからここは青年にとっては水槽のなかでしかなく、言葉は魚たちの口から零《こぼ》れるあぶくに似て、世界に溶けて消えていく。シュレディンガーに言葉は届かない。

少なくともいまは、まだ——。

自然界に満ちた混沌《こんとん》も、分析していくと近似的《きんじてき》なフラクタル図形へと収束する。そのなかで人間だけがいつでも醜悪《しゅうあく》だ。不完全な混沌しかもたらさない人びとと、彼らの織《お》りなす日常というものにシュレディンガーは関心を持てずにいる。

シュレディンガーの頭のなかを覗くことができれば、彼が観測している物事の数値を読み取ることができる。理解できるかどうかは観測者の能力値に応じる。

彼はひとり孤独《こどく》に、独学をもとに新しいドライバの開発を行っていた。

開発の際、閉じた箱の的として切り裂いたスリットはふたつ。

二箇所《にかしょ》の切れ目から箱の向こうへと開発中のドライバで量子の球を撃《う》った。ふたつのスリットを通じて撃った量子は、粒子《りゅうし》と波動のふたつの性質を持つ動きをした。量子は観測する者にあわせて矛盾《むじゅん》したふたつの動きを取る。干渉縞《かんしょうじま》と呼ばれるツートーンの縞模様《しまもよう》と、一本だけ縦長に伸びる濃い色の縞と。

二重スリットの謎《なぞ》を解明しようと努力すると、人は、パラドックスと未来における多世界解釈《かいしゃく》に到達する。

しかしそれを語るべき相手はシュレディンガーには、いない。

人びとはシュレディンガーにとって無価値な物事について語り合い行き来している。言葉を発することに意味はあるのか。所詮《しょせん》、他人同士が通じ合うことなどできやしないのに。

倦怠《けんたい》の奥底に狂気《きょうき》を秘め、シュレディンガーはショッピングモールへと辿《たど》りつく。彼の感情の蓋《ふた》はいつも曖昧《あいまい》に閉ざされ、開いてなかを確認するまで、どれが本心なのかを当人ですら理解することはない。

長いエスカレーターで一階まで降りていく。吹き抜けの広場には巨大なクリスマスツリーのホログラム。硝子のショーケースを挟《はさ》んで店員と壮年《そうねん》男性が話をしている。買い物の内容についての相談。シュレディンガーにはどうでもいい、縁《えん》のない談笑《だんしょう》だ。

「もう中学生なんだ。クリスマスプレゼントなんてこれが最後かもしれんな……」

歩き去るシュレディンガーの背後で、男の言葉が空気中に溶けていく。

唐突《とうとつ》に照明が消えた。ショッピングモールは闇《やみ》に包まれる。

思考より先に足が動いた。走りだしたのは本能によるものだ。シュレディンガーは自身の幸福のために能動を選択《せんたく》する。

光が沈下《ちんか》し、闇に満たされた世界の底でシュレディンガーは天を見上げる。

壁一面を使った強化硝子の窓。

大きな、大きな月が空に昇っている。

セルロースナノファイバー鉄鋼《てっこう》の窓枠《まどわく》が、月光で陰影《いんえい》を施《ほどこ》され十字架《じゅうじか》の形に見えた。

十字架と月を背負うひとりの少年の影が、シュレディンガーの目に映る。

刹那《せつな》、世界は蒼に抱《いだ》かれた。

「みなさん、おちついてください」

店員の声がする。

「一時的な停電です」

ざわめきがさざ波のように押し寄せる。

人びとを眼下に見下ろす少年の唇が、かすかに動いている。何を言ったのだろうとシュレディンガーは耳を澄ませる。その瞬間《しゅんかん》のみ、自分には不要だと遠ざけていた他者の言葉をシュレディンガーは能動的に欲した。

見上げた視界のなか、マントを着込んだ少年の側に男の店員が駆け寄った。

「お客様？」

声をかけられた少年の手に生じたのは、水の剣だ。蒼い焔を具現化したかのような剣は鋭く、そして冷たい。

軽く手を上げて剣を振り下ろし、一閃《いっせん》。

少年の表情は変わらない。男に向かって視線を動かすこともない。

袈裟懸《けさが》けに切られた男は鮮血《せんけつ》を迸《ほとばし》らせて上階から転落する。エスカレーターに一度ぶつかり、そこから弾《はず》んで、転げ落ちていく。男の苦痛の叫《さけ》びがショッピングモールに反響《はんきょう》する。どうっと重たい音をさせて床に落ちた男の身体の下に血溜《ちだ》まりができる。動揺《どうよう》した若い女性が悲鳴を上げる。

女の声と共に、少年が、駆け下りてきた。

エスカレーターの手すりを軽やかな足どりで、水が上から下へと流れ落ちるがごとく。地上に下り立つ間際《まぎわ》、少年は跳躍《ちょうやく》する。マントのフードが捲れ、脱《ぬ》げ落ちた。無彩色のマントを脱ぎ捨て着地した少年の手がまた閃《ひらめ》く。振りかぶった刃が、叫び声を上げた女の口から悲鳴と生命とを同時に奪う。

停電で光を失ったショッピングモール。動きの止まったエレベーター。噴水《ふんすい》も水の動きを停止し、水面は鏡のように平らだ。月の色を映し込んだ水の鏡面を血に濡《ぬ》れた女の死体が、割った。

蒼のなかに沈んでいく赤い血は、色を薄め、溶けて——また蒼に戻る。

叫び声があちこちで湧《わ》き上がる。

両手に水の剣を携《たずさ》え、噴水の手前で立ち止まった少年の唇が、また言葉を紡《つむ》いでいる。シュレディンガーの耳にはまだその言葉は確《しか》とは伝わってはいない。

少年の振り下ろした剣が床を打ちつける。蒼い氷の柱が立ち上がり人の行く手を阻《はば》む。少年のまわりを力の象徴《しょうちょう》のような氷の煌《きら》めきが彩《いろど》っている。

水と氷。

世界は水槽。人は群れて泳ぐ魚の相似。

呼吸をする酸素《さんそ》のなかにも水は含まれる。


血を纏《まと》いながらも少年の印象《いんしょう》はひたすらに蒼いままだった。

月光のように輝《かがや》く蒼だった。

踊るように人を斬《き》る。悲鳴という音楽のリズムに合わせてステップを刻む、美しい殺人鬼《さつじんき》がそこにいる。左右に持つ剣は指揮棒《しきぼう》となり、人びとに断末魔《だんまつま》のダンスを踊らせている。

シュレディンガーは力を失い、膝《ひざ》から崩《くず》れ落ちた。

慈悲《じひ》を請《こ》うために膝をついたのではない。まさか。

恐怖《きょうふ》のために膝をついたのではない。あり得ない。

ただ――歓喜《かんき》のためにシュレディンガーは少年に屈《くっ》したのだ。


こんなに美しいものを見たのは、はじめてだった。

美しかった……。

薄汚《うすぎたな》いと思っていた世界が蒼に染められていき……。

偽善と退屈の現実を切り裂きながら、少年はシュレディンガーに近づく。周囲の人びとは悲鳴を上げ、逃げ惑《まど》っている。

現実だけではなく、ずっと曖昧に閉ざされていたシュレディンガーの心の蓋をも――蒼の少年が鮮《あざ》やかに切り開いた。

血に染まった刃が斬《ざん》と切り開いたシュレディンガーの露《あら》わになった心は、恍惚《こうこつ》と敬愛の感情を交《まじ》え、愛という色を芽生《めば》えさせ固定する。

シュレディンガーは蒼の少年に恋をした。

初恋だった。


シュレディンガーはふらふらと立ち上がる。氷晶《ひょうしょう》が手のひらに集まり、手が凍りつく。自然と笑い声が零れ落ちる。そういえば自分の笑い声を聞いたのも久しぶりだ。いつ以来かも覚えていない。

シュレディンガーの笑いに反応したのだろうか。蒼の少年は殺戮の手を止めてシュレディンガーに振り向いた。

目が合った。

シュレディンガーは少年へと足を進める。

「あ、君……」

覗き込む少年の双眸は冷たく蒼い。

「こっち側だよね」

微笑んで語るその声は優しく甘い。

慈愛に満ちたまなざしのまま、少年は手を上げる。

水の刃がシュレディンガーの口元を切り裂く。

「ぐぁあああ！」

知らず迸《ほとばし》った叫びが反響する。

激痛に前のめりで倒れ込み、手で口元を覆う。氷晶が傷口を冷却《れいきゃく》し止血する。ひりつくような痛みが神経を尖《とが》らせる。どうしてだろう。少年に切り裂かれた傷口から染みだした痛みは、不思議《ふしぎ》と甘い。

「行こうか……。完全なる世界に……」

誘惑者《ゆうわくしゃ》の目をして蒼の少年がささやいた。言葉がシュレディンガーの鼓膜《こまく》を震わせ、心に届いた。語る相手と語られる相手。伝わらない相手には決して響かないだろう言葉であった。けれどシュレディンガーはその意味を知っている。言葉を超越《ちょうえつ》した交流に覚えた初恋。蒼の少年はシュレディンガーに言葉以上のものを手渡した。

シュレディンガーはその口を氷で塞《ふさ》ぎ、氷晶の刃を手に取って——蒼の少年と共に残《ざん》虐《ぎゃく》なダンスを踊りだす。

ひとりの少女が物陰《ものかげ》に隠《かく》れている。蒼の少年が少女を見つけだし、微笑んだ。

「おや……まだ野兎《のうさぎ》が隠れているようだね」

少年の言葉を聞いて弾《はじ》けるように飛びだした男がいた。

男の手にはドライバが握られている。適合者の力を補強《ほきょう》し、コントロールするドライバは男の手のなかで変形する。少年へと襲《おそ》いかかる男の背中にシュレディンガーの水の剣が刺《さ》さる。

血に酔《よ》ったように斬りつけるシュレディンガーの舞《まい》は、もしかしたら蒼の少年のお気に召《め》さなかったのかもしれない。途中からシュレディンガーは少年の姿を見失ってしまう。

酔いしれているシュレディンガーが少年の不在に気づいたのは、自立型ドライバ〈ノントロン〉の到着により、殺戮《めいめつ》の手を封《ふう》じられたときだ。〈ノントロン〉がシュレディンガーの周囲を取り囲み、光を明滅させる。

〈ノントロン〉が操作《そうさ》した空間に取り込まれ、シュレディンガーは移送される。

同時に、ショッピングモールの地下で火の手が上がる。破壊《はかい》された建物の一部からガスが漏れ、爆発《ばくはつ》を引き起こす。爆発が連鎖《れんさ》する。轟音《ごうおん》が響《ひび》き、一気に火が建物を包み込む。ひとつの爆発が次の爆発と炎上を生む。

ショッピングモールは、月に捧《ささ》げる供物《くもつ》となって燃え上がる。

空には大きな月が輝いている。

世界は光に満ちていた。人は皆《みな》、世界に愛と共に組み込まれ、自分自身を生きている。クリスマスに浮き立ち着飾る人のなか、金の髪と濃い青の双眸を持つ少年アスル《ブルーノ》はまっすぐに駆けていく。双眸が、少年をショッピングモールまで送り届けて走り去る車のテールランプを反射して瞬《またた》く。

少年の髪はいつも寝癖《ねぐせ》がついて、後ろがぴんと跳《は》ねている。けれど少年は自分の髪型には無頓着《むとんちゃく》だ。彼の父親は寝癖を見つけると少年に微笑みかけ、跳ねた髪をつんと軽く引っ張る。毎回そうされて、毎回子ども扱《あつか》いされているようで癪《しゃく》に障《さわ》って膨《ふく》れながら手をはねのける。もう来年は中学生なんだから子ども扱いするなって。そう言うと父はさらに笑みを大きくした。

少年アスル《ブルーノ》はマフラーを巻いて、お気に入りのジャケットを羽織っている。道行く人のざわめきが少年の心をふわふわと浮き上がらせる。

なぜなら少年はまだ子どもだから。

少なくともいまは、まだ――。


今日はクリスマスの夜で、クリスマスにはサンタクロースがやってきて少年にプレゼントを届けてくれる。もうサンタを信じるほどには子どもではないが、それでも少年はいまだサンタを愛していた。幸福な家庭の象徴《しょうちょう》。クリスマスはいつだって美しい。父親と待ち合わせをしているショッピングモールを目指す少年の双眸は期待と喜びで輝き、とにかく早く辿りつきたくて急いで走っている。

しかし途中で少年の足が停止する。

光が、欠けている。

街路樹《がいろじゅ》に飾られたイルミネーションの輝きが、道の向こう側で途切れている。巨大なショッピングモールも光を失い、黒い影となってそびえ立っている。灯《あか》りのないショッピングモールは黒い水を湛《たた》えた水槽みたいにしんとして見える。薄暗い闇の途中に立つ信号だけが機械的にチカチカと色を加えている。車が路上を走り過ぎていく。

不安に駆られながら少年は、一度止めた足をまた動かす。光の欠けた方向へ。喧噪《けんそう》から遠ざかり静寂《せいじゃく》へ。ショッピングモールに近づくにつれ色彩《しきさい》が遠ざかっていく。世界はこんなに暗かっただろうか。クリスマスはいつでも音楽と愛と喜びに溢《あふ》れ返り、きらきらと輝いているものではなかっただろうか。

とはいえ少年の不安はまだ本当のものではない。向かう先には父親がいる。父の側に行けば自分はもう安心だ。父が守ってくれる。優しく笑いかけてくれる。それを求めて少年は再び駆けだす。早く父の顔を見て笑い合いたい。メリークリスマス。そう言葉をかけたら父親は少年にきっとプレゼントを差しだしてくれるだろう。帰りには一緒にケーキを買おう。家族みんなで食べる大きなホールケーキを。


辿りついたショッピングモールの扉《とびら》は閉ざされている。自動で開くはずのドアは閉じられたきりで、少年は周囲を回り込んで非常用の戸口を見つけ、こじ開けてなかへと入る。たぶん父に知られたら危険なことはするなとあとで叱《しか》られる。でも、かまうものか。来年には中学生だ。子ども扱いしないでくれと言い返してやる。何が危険で何が危険じゃないかくらいわかっていると胸《むね》を張って——。

そう。少年は何が危険かを察知している。

危険だ。

ここは危険。

脳内《のうない》にシグナルが点滅する。危険を感じたからこそ、少年は無理に侵入《しんにゅう》する。ここは危ない。そして父親がここにいる。父の無事を確かめなくては安心できない。息を潜《ひそ》ませて建物のなかに足を踏《ふ》み入れる。

高い天井《てんじょう》は硝子細工《ざいく》。大きな丸い月が屋内を照らしている。

差し込んだ月光が周囲の様子を少年に伝える。

何人もの人が倒れている。

血が流れている。

苦悶《くもん》の表情を浮かべて床に散らばる人とマネキンの見分けがつかない。

少年の口から漏れた吐息は白い。

ショッピングモールの内部は外よりさらに寒い。背中がざわめき、うなじが粟立《あわだ》つ。どうしてだろう。床が凍りつき霜柱《しもばしら》が立っている。わずかに溶けかけた氷の膜《まく》が壁に貼りついている。

中央の広場までおそるおそる足を進めた。少年の手はかたかたと震えている。

現実感はまだあまりない。夢のなかを歩いているような不確定な恐怖と確実な寒さの狭《はざ》間《ま》に少年は捕《と》らえられている。

長いエスカレーターのすぐ下に倒れる人影を見つけ、少年は息を呑む。父に似た背中。朝、見かけたときに着ていたコート。記憶にあるマフラー。きちんと整えられた金の髪。

思わず走り寄る。横たわる身体の側に跪《ひざまず》く。

間違いない。

少年の父親だ。

倒れる父のコートは血に染まり、ぐっしょりと濡れている。

「父さん！　父さんっ！」

少年は呼びかける。閉じた父のまぶたがかすかに動く。自分の声はこんなに幼《おさな》かっただろうか。声変わりもまだの少年の声。

「アスル……これを……」

父の背中に手をかける。父親はわずかに起き上がり、少年に言う。コートのポケットからラッピングされたプレゼントの箱を取りだす。

その箱を受け取りながら少年は思う。自分の手は父と比べ、まだこんなに小さかったのか。

「父さん、誰が……誰がこんなことを……」

息がある。そのことに感謝している。少年は父の危機《きき》を間近で見ている。けれど父の死が現実になるとは思いたくない。父親は少年にとって、いつだってヒーローだ。どんな苦難をも乗り越えて逆転劇を見せてくれる。だから大丈夫。自分は父の危機に間に合い、父を助け、家に連れ帰る。絶対に。

けれど父親の目は虚《うつ》ろだ。

少年はそれに気づきたくない。しかし少年の姿はおそらく、父の双眸にはもう映ってはいない。彼が見ているのは死神の振り下ろす間際のデスサイズ。それを信じたくなくて少年は必死に父のコートを握りしめる。指先まで白くなるくらい力を込めて。

「蒼い……瞳《ひとみ》の少……年……」

少年の父親の最期《さいご》の言葉。

「父さんっ！　父さんっ!!　くっ……」

父を支えた少年の手が一気に重くなる。人の胴体《どうたい》は命と力を失うと同時に自立の意志を放棄《ほうき》し、支える手に相応の負荷《ふか》をかける。父の重さが少年に死を実感させる。

ずしりと体重の載った自分の手のひらがフックになり、少年のなかにあった不安と焦《しょう》燥《そう》が怒りへとスライドする。父と共に家に帰ろうという願いをこめて握りしめていた指先が怒りで震えだす。

少年は唇を嚙みしめる。涙はまだ零れない。怒りだけが心中を満たしている。

轟《ごう》、と地を揺るがすような音がして、少年が膝をついた床がぐらぐらと揺れる。壁や床に貼りついていた氷に亀裂《きれつ》が走り、パラパラと細かく剝《は》がれて落ちる。

靴音がする。霜柱を砕きながら近づいてくる。少年の視界に靴の先端《せんたん》が映り込む。視線をゆっくりと上げていく。金刺繡《きんししゅう》の入った白いジャケットを羽織り、金の髪に黄金色の双眸の青年が少年を見下ろしている。

青年の手元から光が放たれる。軽く掲《かか》げた手のひらから金色の文字が空中に浮かび上がる。王冠《おうかん》の意匠《いしょう》を施された魔方陣《まほうじん》にも似た円が空間に描かれる。

「評議会だ」

不遜《ふそん》に青年が言い放つ。

世界評議会。そこは父が勤《つと》めていた場所でもある。父は適合者だった。

「ここは危ない」

だからなんだというのだ。少年はここが危険な場所なことはわかっている。わかって侵入したのだ。

少年は迸る怒りの捌《は》け口《ぐち》を青年に得た。八《や》つ当《あ》たりだと理解している。それでも誰かに当たらなければ、少年の心は壊れてしまいそうだった。

「そんなことは知ってる。あんた誰っ」

「……俺はアーサーだ」

青年はアーサーと名乗る。

「あんたがこんなことをしたのっ？」

していない。わかっている。でも怒りで少年は歯止めが利かなくなっている。

「おまえの瞳にはそう見えるのか？」

「じゃあ誰が……誰がオレの父さんを殺したのっ!? 誰がこんな残酷《ざんこく》なことをしたのっ!?

許さない……。オレはそいつを許さない。絶対に仇《かたき》を討《う》ってやる。オレは……っ!!」

言い返してきた少年の剣幕《けんまく》に、青年は眉を上げ興味を抱《いだ》いたかのように眺めた。

警戒音が鳴り響く。自立型ドライバ〈ノントロン〉が到着し、少年たちの周囲を明滅しながら飛翔《ひしょう》する。

――ノントロン到着。ゾーン展開――

無機質なオペレーター音声が響く。少年の周囲の色が見たことのない灰色に変わる。

「だったら、俺と一緒に来い」

青年アーサーは少年をまっすぐに見つめ、告げた。

差し伸べられた手は、大人の手だ。

少年は青年を見上げる。張りつめていた緊張がどっと解《と》ける。堰《せき》を切って溢れた怒りの感情を受け止められ、少年は怒りから悲しみへと感情を移行する。鼻の奥がつんと痛い。

でも涙は人に見せたくない。

自分はもう子どもではない。

子どもでは、いられなくなった。

父の死を支え、手で受け止めて――。

「うん。行くよ。オレはあんたと一緒に行く」

蒼い月と蒼い氷に閉ざされていた世界が、別な色に塗《ぬ》り替えられる。ふっと身体が浮上

する独特の浮遊感《ふゆうかん》のあとで、少年の存在した半径二メートルあたりを円錐《えんすい》で切り取ったかのように空間ごと移送された。

蒼からの脱出——少年は気づけば外にいる。

世界評議会が立入を封じたショッピングモール。燃え上がる建物を遠巻きに眺める人びとがざわめいている。〈ノントロン〉がぐるぐると飛翔している。大人たちが事態の収拾と人の救助に駆け回っている。少年の足元には父親が事切れて横たわっている。少年はポケットに手を入れる。渡されたプレゼントの箱がポケットのなかでかさかさと音をさせた。少年の頬を涙がひとすじだけ伝い落ちる。青年は少年の涙に気づかないふりをしている。


空には大きな月が輝いている。


世界は光に満ちていた。人は皆、世界に愛と共に組み込まれ、自分自身を生きている。

クリスマスに浮き立ち着飾る人のなか、銀の髪と退紅《あらぞめ》の双眸を持つ青年サンタクロースはひとつの事件の真相を追い求める。サンタクロースが疑念を抱いたのは、蒼い水と血の飛《ひ》沫《まつ》の事件。

孤独と恐怖と絶望の果ての悲痛な叫びに満ちた殺戮。

自立型ドライバ〈ノントロン〉は青年サンタクローズのあとに到着する。

違和感《いわかん》を覚えたのは、青年がサンタクローズであったがゆえ。

どうしてだろう。世界はサンタクローズが信じていたようには愛に満ちてはいないのかもしれない。世界を包み込むラッピングの箱は大きすぎる。箱の中身は観測者によって開封され、観測を経《へ》たあとでなければ確認不能だ。

サンタクローズは未知を探るために失踪《しっそう》という能動を選ぶ。

サンタクローズは世界という贈り物の包み紙を開けたいと望む。

それがきっと、大切な〝アイツ〟の力になると信じて。


空には大きな月が輝いている。


誰かが世界を水槽だと言った。

蒼のクリスマス。

後にそう語られる事件の夜もまた蒼い光に満たされた水槽の夜だった。

かつて稲妻のような感情に心を引き裂かれ、分かたれた双子の少年たちは、それぞれに夜を流離《さすら》って過ごしていた。

その昔アオトであった弟――アリトンは知っている。
あの月が時として蒼くなることを。
その蒼い月が自らを照らすことも。
その夜、月は蒼かった……。
だからこそアリトンは夜に沈むことができたのだ。
蒼く、深い、罪深き夜に……。

兄が少年の罪を肩代わりして償《つぐな》おうとすることは、弟にとっては偽善《ぎぜん》であり茶番だ。
だから少年は、罪をもって罪を償うために殺戮をくり返し、夜を生きることに決めた。

夜を走り抜ける少年の足取りは軽やかだ。マントの裾は風をはらんで帆布《はんぷ》のように膨らんでいる。
少年のマントの裾をよく見れば気づくことができる。黒く濡れた染みの跡がはしばしに散っていることを。近づいて手に触れるとまだぬめって温かい布地から、触れた指に赤い色が写し取られるだろう。血の匂いを感じることもできるだろう。

６６６人の人間を切り裂き、少年は笑いながら、惨劇のショッピングモールをあとにした。

兄と別れ偽善の世界と決別し、グリモア教団の教えと共に、少年は、蒼のクリスマスの到来を寿《ことほ》ぐ。

少年の彷徨《さまよ》う夜はいつでも——。

空には大きな月が輝いている。

ロキはすべてを見ている。感じ取っている。

でも——。

「目に見えていることだけが真実とは限らない。そういうものだろう？」

評議会のタワーの一室である。端末器から吐きだされた蛍光《けいこう》グリーンの文字列をさらりとひと通り眺め、ロキはくすくすと笑みを零す。

浮かび上がるひとりの少年のプロフィール。点滅するＡＯＴＯの文字。

――ＩＤ：ＳＩＴＵ―３１７―ＡＯＴＯ。

「水のドライバ『ワダツミ』を使う。同族性のウンディーネを担当講師として配属。四年前に親を殺した罪に問われ保護《ほご》観察。ネグレクトの事実が発覚。そしてその二年後」

読み上げて指先を滑らせる。

スライドされる機密事項。蒼のクリスマス報告書。蒼のクリスマス調査進捗《しんちょく》書《しょ》。

「ショッピングモールの電気系統が凍結《とうけつ》し、正常に作動しなかったため発生。爆発によって発生した火災《かさい》による被害も甚大《じんだい》。被害者多数。……ふふ」

首を傾《かし》げ片眉《かたまゆ》を上げて笑う。もう片方の眉は上がらない。

「……蒼のクリスマスとは十二月二十四日に常界《テラスティア》で発生した、二人組による無差別殺人である。電気系統の凍結事故による爆発が原因として報道発表が行われている」

蛍光グリーンの光に軽く触れる。別な画面が浮かび上がる。

「６６６人が惨殺《ざんさつ》。容疑者は現在も逃亡中《とうぼうちゅう》。唯一《ゆいいつ》の生存者ルリという獣人《じゅうじん》の少女の証言により、犯人のひとりは金髪《きんぱつ》の少年で水の刃を使っていた……」

ＣＡＵＴＩＯＮ。その先は赤い点滅で閉ざされ、閲覧《えつらん》不能になる。

けれどロキは閲覧など必要としない。すべてのことを知っている。調査され、データとして蓄積《ちくせき》されているより以上のことを知っているのだ。

ウンディーネのＩＤで辿《たど》れる機密情報はここまでだ。そしてウンディーネはこの情報を得たうえでアオトという少年の講師として立ち、アオトに寄り添っている。アオトに紐《ひも》づけられた大量殺人事件と、情報操作《そうさ》をして事実を隠蔽《いんぺい》した評議会の判断を知り得て、なお。

「さて、これをアーサーはどう思ってどう利用するのかな。……ちょっとだけ、面白《おもしろ》いね」

アーサーを通じて眺めるときだけ、ロキは人を面白いと思える。

ロキはディスプレイを閉じて、部屋をあとにした。ロキの背後で扉が閉まる。

ロキが立ち去った部屋の扉を誰かが開けるまで、そこに人がいるのか猫がいるのか神がいるのか王がいるのか——あるいは何もいないのかは、閉じた扉の向こう側では誰にもわからないことであった。

Divine Gate
ディバインゲート
～王と悪戯な幕間劇《インタールード》～

アーサー王と円卓の騎士《ナイツ・オブ・ラウンド》

円卓の騎士《ナイツ・オブ・ラウンド》

世界評議会の常界《テラスティア》代表であるアーサーが設立した、
私設特務機関。
立ち上げの時点ではメンバーはアーサーとトリスタンのみ
だったが、その後、ガレス、ベディヴィア、パロミデス、
ガウェイン、ユーウェイン、パーシヴァル、ケイ、ランスロット、
ラモラック、モルドレッド、ブルーノの順に、
多様な出自を持つメンバーが参加する。

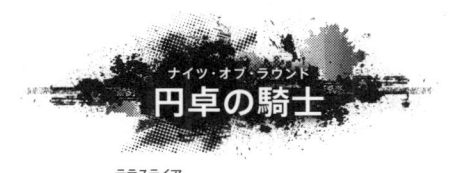

これは――蒼《あお》のクリスマスが起きる前年の、十二月の物語だ。

その日、オズの部屋は魔法に満ちていた。

最新鋭《さいしんえい》の技術を集結して建てられた世界評議会のタワーのなか――ロキがオズの執務室《しつむしつ》のドアを開けると、目の前には広大な花畑が広がっていた。空は青く高く遠く、羊の形をした雲が浮かんでいる。

「おやおや。模様替《もようが》えをしたようだね」

ロキはそうつぶやいて室内に一歩足を進めた。つい先日までは、他の部屋と同じ様相の無機質な空間だったはずだが。

「それとも、うきうきしすぎる気持ちのままに自然と魔法が零《こぼ》れだして、部屋の内装《ないそう》が変わってしまったのかな。――どちらもありで、どちらでもいいけれど」

オズは自身の力を「これはただの魔法です」と言う。厳密《げんみつ》に言えば、どうやら魔法というカテゴリーに収まる範囲《はんい》のものではなく、人間たちのテクノロジーでは理解の及《およ》ばない技術の進化であるようだ。ただ、異なる理屈《りくつ》のもとに過ごしていた者たちにとっては、竜種《りゅうしゅ》のテクノロジーは、技術というよりは魔法に見えるという見え方の問題だ。

しかし、それがどういう力によるものなのかは、ロキにはまったく関係のないことだ。ロキの背後でドアが自動で閉じられる。硬化硝子《こうかガラス》で壁一面を覆《おお》った、近代的なタワーの廊下《ろうか》の光景がドアの隙間《すきま》越しに細長く縮んでいってシュッと消えた。

評議会のタワーから窓の外を見下ろしたときの情景は、ほとんどがホログラムだ。ただしエリアの管轄《かんかつ》責任者の判断により、常界《テラスティア》の季節や催《もよお》しに合わせて現実世界のものへとシフトすることがある。あるいはこの部屋の主《あるじ》である竜種のオズのように――魔法を用いて外の光景だけではなく、室内ですら丸ごと変換してしまう者も極《ごく》まれにいる。

現実と虚構《きょこう》と最新鋭の科学と技術力とを取り混ぜ、評議会のタワーは常界《テラスティア》に確固たるものとして、在《あ》る。

一般の者たちには伝説として封印《ふういん》された〈ディバインゲート〉という存在が、伝承《でんしょう》と現実の目撃談《もくげきだん》と妄言《もうげん》と一部の研究者たちによる科学的な探索《たんさく》の狭間《はざま》で、確固たるものとして「在る」ように。

ディバインゲートの出現を理由として、世界評議界が発足《ほっそく》した。何もかもが複雑に混じり合った混沌《こんとん》を、整理し、統治《とうち》する存在を、世界が欲した。それは世の理《ことわり》として、必然的なものだった。混沌にまみれ途方に暮れたとき、力のない者たちは仲間を求める。そして次に「自分たちを導き、良い世界を作り上げてくれるリーダー」を求める。

たとえ世界評議会が情報を操作《そうさ》し、一部の事実を隠蔽《いんぺい》していようとも、弱者たちはそれを是《ぜ》とする。むしろ積極的に、都合《つごう》よく、騙《だま》されようとする者も多い。

弱き者たちの思いを理解し、代弁し、みんなが過ごしやすい美しく幸福な世界を、リーダーが作り上げてくれると信じているから。

木の枝にとまり囀《さえず》っていた小鳥が来客をオズへと告げるために空へ飛び立った。

途端《とたん》、ロキの足元に一本の道が長く延びる。ロキは土の道を踏《ふ》みしめて歩いていく。道の果《は》てには煉瓦造《れんがづく》りのこぢんまりとした家があった。

木製の丸いドアを軽くノックしてから開ける。

暖炉《だんろ》に薪《まき》がくべられ焔《ほのお》が室内を暖かく照らしている。毛足の長い絨毯《じゅうたん》に、木製の揺《ゆ》り椅子《いす》。絨毯の上には、ふたつの耳がぴんと立った毛糸の帽子《ぼうし》や手の込んだ裁縫《さいほう》の紫のドレス、高級油差し器といったものがあたり一面に広げられ、山積みになっている。

その中央に立つオズは腕組《うでぐ》みをし、顎《あご》に手を当てて考え込んでいる。

「どうやら取り込み中のようだね。お邪魔《じゃま》だったかな」

声をかけるとオズはロキへと顔を向け、応《こた》えた。

「家族のためにクリスマスの贈《おく》り物を用意していたところです」

世界評議会の最高幹部《かんぶ》のひとりであるオズというはぐれ者の竜が、世界から弾《はじ》きだされた欠片《かけら》に似た者たちを拾い集めて作り上げた大切な家族たち。

ドロシーという少女。トトという垂《た》れ耳の犬に似た妖精《ようせい》。森の奥で孤独《こどく》に過ごしていたカカシ。レオンという都会の高層街を駆《か》け回るための翼《つばさ》を欲したライオン。存在そのものを忘れ去られ、作成されたきり打ち捨てられていた自立型ドライバであったブリキ。

「ああ、そうか。明日はクリスマスイブだったね。みんなのお父さんとしては、誰《だれ》にどのプレゼントを贈るのかは思案のしどころということかい？」

「ええ。もうずっと悩み続けているのですが、いよいよ今日には決めないといけません」

オズは再び贈り物の山へと視線を戻し「これがいい」と納得したように首を縦に振ると、巨大な箱を取り上げ、そのなかに小さなブラシを入れた。

「美しい羽根と鬣《たてがみ》をブラシで梳《す》いてあげると、レオンは気持ちよさそうにするのですよ。このブラシならいまのよりもっと手触《てざわ》りもいい」

「その箱は大きすぎない？」

オズを丸ごと入れて梱包《こんぽう》できそうな大きな箱にポツンと入れられたブラシを見て、ロキが尋《たず》ねる。

「レオンは箱に入るのも好きなのです。箱に収まって眠るのも、自在に空を飛び回るのも、両方を楽しむ――大切な僕の家族です。贈り物を入れた箱ごと気に入ってもらえるといいけれど」

　オズが何かを思い出したのか、くすりと微笑《ほほえ》んで返す。レオンが過去にオズへ見せた、猫科《ねこか》の獣《けもの》特有の愛らしさを思い返したのかもしれない。優しい笑いだった。

　次にオズは毛糸の青い帽子を手に取り、オズによく似た人形と一緒に箱へと詰める。

「トトは人形と一緒に眠るのが好きなんです。僕がいるときはいつも一緒に眠るのですが、たまに留守《るす》のときのために、僕に似た人形をあげたら、とドロシーから助言されたので。冬用の帽子はトトを温めてくれる」

　黄色と黒の縞模様《しまもよう》の長いマフラーと、キラキラとした光を閉じ込めたかのようなクリスタルの珠《たま》を箱に入れる。

「カカシは光が好きなのです。彼の手のなかでいつも綺麗《きれい》な美しい光を愛《め》でられることを喜んでくれるかもしれない。それにカカシはいまのマフラーをとても気に入っています。洗い替えを何枚か用意しなくてはと思っていたのですよ」

　錆止《さびど》めのスプレーとワックス、油差し器を箱に詰める。

「ブリキは自分のことを顧《かえり》みずに家族のために働いてしまうのです。だから僕たちが気にかけてブリキが錆《さ》びついて止まったりしないようにしてあげなくてはなりません。僕とドロシーはブリキの関節《かんせつ》に油を差して、身体《からだ》をピカピカに磨《みが》いてあげるのです。ブリキがちゃんと休めるようにね。そうするとブリキの目がチカチカと嬉《うれ》しそうに点灯《てんとう》してくれてそれがとても可愛《かわい》らしい」

　最後に紫のエプロンドレスと、お揃《そろ》いのリボンと靴《くつ》を箱に入れる。

「ドロシーは紫色が好きなんですよ。可愛い僕の娘《むすめ》には紫色がよく似合う。最初に渡した白い靴のことをとても気に入って毎日履《は》いてくれているのは嬉しいのですが、新しいものも贈りたいと思っていたのです。家族みんながいつも一緒に、どこにでもずっと歩いていけるような履き心地《ここち》のいい靴も喜んでくれるといいのですが」

「きみはとても楽しそうに贈り物を選ぶね」

「ええ。楽しいですから。大事な家族の笑顔を思い浮かべながら、何にするかを選ぶ時間そのものが、僕にとっては何よりの贈り物です」

「クリスマスツリーは飾らないのかな？」

「飾っていますよ。僕たちの家には、家族みんなで飾りつけをした、もみの木がある。ここは僕の仕事場ですから」

「仕事場にしては大胆《だいたん》な模様替えをしたね。きみの部屋のなかで迷うかと思った」

　オズは何も答えない。ロキはオズに尋ねる。

「僕には何もくれないの？」

「贈り物は相手を喜ばせるためのものです。僕はあなたが何を喜ぶのか見当がつきません」

　オズの赤い双眸《そうぼう》がひたとロキに注《そそ》がれる。ロキの真意を探《さぐ》るように。

「ふふ……。世界評議会最高幹部のひとりで、稀代《きたい》の魔法使いで、人間よりも上位なる存在である竜のオズにも、わからないことがあると言うの？　僕の望んでいるものはいつでもたったひとつだけさ。面白《おもしろ》いことだけを求めている」

ロキの仮面は微笑んでいる。もう片方の素顔は真顔だ。

「あなたが望むものが、弱者がさらに痛めつけられて傷つく世界を生みだすような未来ならば、僕は全身全霊《ぜんしんぜんれい》をかけてあなたを止めます」

オズの声は、決意の芯《しん》と優しさを包み込んで固めた飴玉《あめだま》のような甘さを持っている。挫《ざ》折《せつ》や逃亡《とうぼう》の苦みを含んでなお、甘やかな、嘗《な》めていくと別な味に変化するのではと感じさせる、柔らかい少年のような声。

この竜は、かつて負けたことがあるのだ。自分が弱いことを知っているから、周囲のか弱き者たちに本気の愛を差しだして、慈《いつく》しみ、守ろうとする。

ロキは軽く肩《かた》をすくめてみせた。

「おかしいな。僕たちは同じ理想に向かっているのではないのかな？　この世界の〈リメイク〉を——それを僕も望んでいるよ」

再創〈リメイク〉は、世界を一度リセットし、自分の想う世界へ創り変えること。

「きみからの贈り物がないのは悲しいな。でも仕方ないね。その代わり、僕からきみに何か贈り物を用意しようか。きみは何を望むのかな」

「僕が望むものはひとつだけです。弱者の虐《しいた》げられない世界を創ること」

――そんな世界が創れるだなんて、きみは、信じているの？

信じているのだろう。

オズは本気で戯《ざ》れ言《ごと》を語る道化者だ。

ロキは無言で、ただ微笑んだ。仮面と素顔の両方で作ったロキの笑顔を、オズは疑り深く見返している。

「オズ。きみは知っていたかな？　クリスマスイブは、アーサーの誕生日《たんじょうび》でもあるんだ」

ロキが言う。

「きみが大切な家族たちに贈り物を選ぶように、僕もアーサーに贈り物を選んでみようか。きみから何かアドバイスはあるかい？」

オズの右手が持ち上げられ、パチンと指が鳴った。

ロキとオズは煉瓦造りの家のリビングから、家の外へと一瞬《いっしゅん》で運ばれる。とりどりに咲き乱れる花の色が鮮《あざ》やかで、細い道が長く続く、どことも知れない優しい情景のなかで、ロキとオズは向き合っている。

それでもここは室内なのだ。だから風が吹かない。花も草も枝も揺れない。雲も、空の同じ位置にずっと貼《は》りつけられたかのように動かない。

「贈られた相手の喜ぶ顔を思い浮かべながら、選ぶことです」

ロキの仮面は固定された笑顔。もう半分の素顔は口角が上がった本物の笑顔を浮かべる。

「アドバイスありがとう。そうすることにするよ」

またパチンと指が鳴る。

ロキだけが部屋の外——世界評議会タワーの、オズの執務室前の廊下に運ばれる。ドアはしっかりと閉まっている。硬化硝子をはめ込んだ窓から外の光景が見える。

青い空にたなびく白い雲が、風に押され、遠くへと流れていった。


互いの視線は交差しない。

それがユーウェインとパーシヴァルの関係だ。背中に相手の存在を感じ、それぞれに別なものを見ている。信頼の果てに背中を預けるようになったわけではなく、なし崩《くず》しに気づいたら背中を向けることをためらわなくなった。

流れ作業みたいに相手に背中を向けられるようになる間柄《あいだがら》というのは、ユーウェインにとってはじめてのものだ。確認したことはないがパーシヴァルにとっても、同様なのではと勝手に思っている。

そう——確認すらしない。

そんな必要はない。

かつてユーウェインには親友がいた。その親友の命を奪ったのはユーウェインだった。後悔《こうかい》と懺悔《ざんげ》がユーウェインの心の底に澱《おり》みたいに溜《た》まっている。密度の濃い情のやり取りを経《へ》て形成される友人関係を、もう一度、亡《な》くなった親友以外の誰かとするつもりはない。

ユーウェインは、馴染《なじ》みのパブのカウンターで酒を飲んでいる。袖《そで》の部分にナイツ・オブ・ラウンドの徽章《きしょう》のついた黒い上着を羽織《はお》り、長めの赤毛を無造作《むぞうさ》に後ろに流している。くち上がり気味の赤い双眸。皮肉っぽい笑みを浮かべることの多い薄い唇《くちびる》に煙草《たばこ》を挟《はさ》み、ゆらせている。

カウンターから見える位置の壁にダーツボードがかけられていた。ダーツを構えて、ボードに向き合っているのは紫の髪をした長身の男――パーシヴァルだ。

ダーツを持つ手を顔の横あたりに掲《かか》げ、緩《ゆる》く、二、三度腕《うで》を振る。肩の力が抜けている。手足の力も緩んでいて、力みが一切ない。それでいて、長い前髪のあいだから覗《のぞ》く赤い双眸だけは鋭《するど》く、隙《すき》がない。

パーシヴァルもまた、アーサーの私設特務機関《しせつとくむきかん》であるナイツ・オブ・ラウンドの一員だった。

ユーウェインは、パーシヴァルがダーツを投げる音を聞き、煙草の火口を灰皿で押し消して席を立つ。

ダーツボードには向かわない。パーシヴァルから見て背後にあるビリヤード台へと足を進め、壁に立てかけてあったキューを手に取る。

ビリヤードの玉はすでにまとめられ、三角の枠《わく》に収められている。枠を取り、白い玉をラシャの上に置き、長いキューを構えて突いた。ブレイクショット。玉同士がぶつかり合い、台のなかを転がっていく音がする。

「——賭《か》けようぜ。俺がストレートでナインボールを決めたら、おまえが俺に酒を一杯奢《おご》る。どうだ？」

キューを変えて、突いたときに滑《すべ》らないようにするためのチョークを先端《せんたん》につけながら、背中越しにパーシヴァルへそう言った。

「だったらおまえも、俺がブルを取ったら、酒を一杯奢れよ」

ブル——ダーツの的の真ん中の部分だ。

「賭けにならねーだろ。おまえが外《はず》すわけがない」

「それならこっちも同じだ。おまえがミスショットをするはずがない」

はっ、と肩で笑ってキューで玉を突く。白い玉に弾かれた一番の玉がポケットに沈む。

背後でダーツボードにダーツが当たった音がする。見なくても的のど真ん中に突き刺《さ》っていることは知っている。

「つまんねーな。もっと賭けになりそうなことはねーかな」

ぼやきながら玉を突く。

「俺にたかろうとするな。クズ野郎《やろう》」

返事がすぐに戻ってくる。

「クズにクズ呼ばわりされるとは光栄だな」

「何言ってんだか。俺はクズじゃねーが、おまえにはキング・オブ・クズの称号をくれてやるよ」

キューを持ち立つユーウェインと、ダーツを片手で弄《もてあそ》ぶパーシヴァルの、背中合わせの会話は続く。

キングか――。

「そういえば、明日はクリスマスイブだっていう話だな」

世間的にはクリスマスイブ。

「らしいな」

ユーウェインのつぶやきに同意するパーシヴァルの声からは、なんの感情も読み取れはしないが――。

「なあ。明日はつまりボスの誕生日ってやつだ」

クリスマスイブはアーサーの誕生日だ。

「ああ」

「だったらボスのツケで、ボスの誕生日の前祝《まえいわ》いとして、今夜、俺たちがしこたま飲むって案はどう思う?」

「いい案だな。さすがクズ・オブ・ザ・クズだ。祝い事だから盛大《せいだい》にやらないと」

そして——ユーウェインとパーシヴァルの、ボスのツケでの「アーサー誕生日前夜祭」がはじまったのだった。


翌日《よくじつ》のアーサーの執務室——。

「お疲れではないですか。少し休憩《きゅうけい》をなさってください。ボス」

トリスタンが、デスクに座り仕事を進めるアーサーを気遣《きづか》っていた。

「疲れてなどいない。が……」

回された書類の束《たば》のなかに紛《まぎ》れ込んでいるパブの請求書を見て、アーサーの手が止まる。

「トリス。ユーから、パブの請求書が、俺の名前で回ってきている」

アーサーはユーウェインのことを「ユー」と呼ぶ。

日付は昨日《きのう》——十二月二十三日。アーサーにはまったく覚えのない店の飲食代だ。

指先でつまんで書類の束から引き抜き、デスクの傍《かたわ》らに置いた。

「え？　失礼しました。私がチェックしたときにはそんな請求書はなかったのですが……いつの間に……？」

慌《あわ》ててデスクに駆け寄るトリスタンを見返し、アーサーは小さく笑う。

「トリスが気づかないうちに書類の束に紛れ込ませているということは――ユーウェインだけの仕業《しわざ》ではないな。パーシヴァルとユーウェインを呼んでくれ。話を聞こう」

「はい。すみません、ボス。私の目が行き届かなくて」

「謝罪の必要はない。トリスはいつでもよくやってくれている」

「……はい」

トリスタンが頭を下げ、カツカツと靴音をさせて部屋を出ていった。

アーサーはデスクに両肘《りょうひじ》を突き、組み合わせた指の上に顎《の》を載せ、トリスタンの背中を見送った。


トリスタンは、アーサーの私設特務機関ナイツ・オブ・ラウンドのメンバーの最初のひとりだった。彼女はもともとは世界評議会の秘書課に所属《しょぞく》していた。そして世界評議会の人事異動で、アーサーの部下になった。

トリスタン自身が望んでアーサーの配下に転属したわけではなく、またアーサーもトリスタンを配下に置こうと動いたわけではない。

アーサーが彼女に対して抱《いだ》いた最初の印象《いんしょう》は、仕事熱心で頭が切れるということだ。次に知ったのは、忙《いそが》しくて時間がなくなればなくなるだけ思考スピードが速くなるという彼女の資質。さらに頭脳派《ずのうは》でありながら、ドライバを手にするとかなりの強さを見せる彼女の実力。

彼女は、自身の銃槍型《じゅうそうがた》ドライバ〈イゾルデ〉を誇《ほこ》らしさを滲《にじ》ませた声音《こわね》で「ダンナ」と呼ぶ。もしかしたら、なんらかの思い出話があるのかもしれないし、ないのかもしれない。詳《くわ》しく聞いたことはない。

しかしトリスタンが意外と情に弱く、涙もろいことにアーサーは気づいている。

毎日、働いているうちにアーサーはトリスタンを――そしてトリスタンはアーサーの人となりを深く知ることになった。

自然と彼女は世界評議会、私設特務機関でのアーサーの「右腕」になった。そうなってしまえば、彼女という存在が「ない」ことのほうがアーサーにとっては不自然だ。逆に彼女にとってもアーサーの存在は当たり前のものになっている。

それでも――いまだにアーサーは彼女の内面の新たな部分に気づかされる。人と人の関係性というのは、面白いものだ。

トリスタンのあとにナイツ・オブ・ラウンドに加わったのは、ガレス、ベディヴィア、パロミデス、ガウェイン。

そして、ユーウェイン、パーシヴァル。

さらに、ケイ、ランスロット、ラモラック。

ユーウェインとパーシヴァルが加わったことで、アーサーは、トリスタンが怒るとともて怖いという事実を新たに知ることになり——いまに至《いた》る。

「トリスを怒らせると怖いということを、いつまで経《た》ってもあいつらは学習しないようだがな」

アーサーがふたりを怒る必要などないのだ。その前段階で、トリスタンがユーウェインとパーシヴァルを言葉と実務的な部分で打ちのめすことだろう。場合によっては減給《げんきゅう》処分とか……。

ユーウェインとパーシヴァルは世間的には「クズ」だが、実際は有能だ。特にパーシヴァルは、やろうと思えばボロが出ない方法でぬかりなく立ち回れるはずなのに、アーサーに対してだけは、こんなふうにすぐしっぽをつかまえられるような軽率《けいそつ》な振《ふ》る舞《ま》いをする。

だからアーサーはふたりの愛すべきクズたちを本気では怒れない。

唇の端《はし》に笑《え》みを刻《きざ》んだまま、再び手元の書類へと視線を戻す。ときどき混じる不完全な書類は山から抜いて横に置く。アーサーの確認を求めているものにはサインを入れる。

インクが切れかけていることに気づき、ペンを置く。さまざまなものが電脳化《でんのうか》されているこの時代に、稟議書《りんぎしょ》にペンでサインを入れるのは無駄《むだ》だという意見もある。けれどアーサーはペンを使うことに愛着を持っている。

古いものを使うアーサーのやり方は過去への郷愁《きょうしゅう》だと誰《だれ》かに指摘されたこともあったが、その意見には肩をすくめてみせただけだった。アーサーが懐《なつ》かしむ愛すべき過去は、郷愁などという単語で片づけられるものではない。それにアーサーが慈しむのは過去だけではない。未来も現在も——すべての時間の「この世界」にアーサーは、恋をしている。

かすかな電子音がして、アーサーは顔を上げる。執務室の入室許可を求め、扉前のセキュリティにＩＤカードがかざされたのだ。いつもはトリスタンが入室チェックをしてくれているのだが、彼女はアーサーに命《めい》じられてクズたちを捜しに行ってしまっている。

アーサーは空中に手を滑《すべ》らせる。光の粒子《りゅうし》が像を結び、来訪者《らいほうしゃ》のＩＤカードを映しだす。

ガレス——ナイツ・オブ・ラウンドのメンバーだ。

入室許可を出して少し経ち、ガレスがしずしずと銀色の手押しワゴンと共に姿を現した。ワゴンには蓋《ふた》つきのエントレーディッシュが載っている。

「ボス。ご昼食の用意を整えました。お口に合うかどうかわかりませんが、よろしければお仕事の手を止めて召《め》し上がってください」

「昼食？」

「はい。僭越《せんえつ》ながら……ボスは昨日の昼から働きづくめでまともな食事を摂《と》っていらっしゃらないようでしたので。あまり根を詰めてはお身体《からだ》に障《さわ》ります」

思慮《しりよぶか》深い双眸がアーサーを見返す。

ガレスの調理の腕はたしかなものだ。

何せガレスは、ナイツ・オブ・ラウンドに入る前は世界評議会の食堂に勤《つと》めていたのだから。還暦《かんれき》を過ぎ、その前に働いていた評議会の警備局《けいびきょく》を退《しりぞ》いて——食堂の厨房《ちゅうぼう》から、現役の職員たちを見守っていた。森の賢者《けんじゃ》とされる梟《ふくろう》のように周囲に気を配《くば》るガレスの働きぶりが気に入って、アーサーは彼に声をかけた。

彼は衰《おとろ》えてはいなかった。ただ、若者たちに未来を託《たく》すために慎《つつ》ましく現場から立ち去っただけ。厨房にツカツカと乗り込んでガレスに告げた「だったらその腕で未来を示せ」という言葉を、アーサーはいまだ後悔していない。彼の老獪《ろうかい》さと慎重《しんちょう》さと経験値は、アーサーの私設特務機関に必要なものだった。

ガレスはエントレーディッシュの蓋を開ける。湯気がふわりと立ちのぼる。白い皿によそわれているのはグレービーソースがかかったローストビーフ。付け合わせはグリンピース入りのマッシュポテトだ。薄切りでカリカリに焼いたパンと、ほっこりとしたバターロールが籠《かご》に盛《も》られている。カップのなかにあるのはおそらくガレス特製の滋養《じよう》たっぷりのコンソメスープだろう。

漂《ただよ》ってくる美味《おい》しそうな匂いが鼻腔《びこう》をくすぐり、アーサーは自分が空腹なことにやっと気づいた。

「昼からローストビーフは重いようでしたら、デザートとしてトライフルの用意もしておりますので、トライフルだけでも召し上がっていただけましたら」

トライフルとは固めのカスタードクリームとフルーツと洋酒を染《し》み込ませたスポンジケーキを組み合わせて作るデザートだ。

「ローストビーフでサンドウィッチをお作りすることもできます」

「ではサンドウィッチにしてくれ。スープとサンドウィッチ。トライフルもありがたくいただこう」

「はい。かしこまりました」


あっという間にアーサーのデスクに積まれた書類の束は片づけられ、白いクロスが敷《し》かれた。トレイの上に、ガレスが皿をセットする。デザートのトライフルも一食分切り分けられ、皿に載せられる。

アーサーは用意されたスープを一口飲んだ。スープの温かさと味が、アーサーの空腹感を加速させた。続いて、ガレスがその場で作《こう》ってくれたサンドウィッチを頬張《ほおば》った。表面はカリッとしているがなかはふわりとした香《こう》ばしいパンに、たっぷりのレタスとスライスオニオン、肉汁の滴《したた》る柔《やわ》らかいローストビーフ。

　笑顔のガレスは側でアーサーの食べっぷりを見ている。

「ガレス」

「はい」

「美味《うま》い」

「はい」

「あと俺が口を開けるのと一緒に、おまえも口を開けるその癖《くせ》は、どうにかしろ」

　ガレスはなぜか自分の作ったものを食べているアーサーを目の前にすると、アーサーが口を開けるのに合わせて、つられて口を開けてしまうのだ。そういうところだけは「気のいい老人」だ。表情は慎ましい笑顔で固定されているけれど、作ったものをアーサーが美味しく食べているかどうか、内心は、はらはらとしているのかもしれない。

　自然とそうしているガレスを見て、たまにアーサーの胸《むね》がチクチクと疼《うず》くことがある。食事を通じて、情に似た何かを受け取っていると感じるからだ。

「……はい」

「咎《とが》めたわけではない」

　むしろ――嬉しいのかもしれない。ただしそれを口には出さない。

「はい。存じております」

電子音がした。アーサーより先にガレスが確認に動いた。

「ボス。ベディヴィアです」

「通してくれ」

許可を出してすぐにベディヴィアが部屋に入ってくる。

長い金髪《きんぱつ》を編《あ》み込んで束にし、後ろでひとつにまとめて垂《た》らしている。赤い双眸と同じ色の髪留《かみど》めとリボン。笑うと愛らしいし、どこかふにゃりととぼけているのだが、唇を引き結んで真剣な顔つきになると、頑固《がんこ》な一途《いちず》さが表面に浮かび上がる。

彼女は世界評議会の警備局の入局試験において、適正検査で一途な性質を危険視されて落とされていた。が、それでもめげずに何度も試験を受けている彼女の試験データを見て、アーサーは本人と対面し「一途さこそ世界を変える力になる」と声をかけ、ナイツ・オブ・ラウンドに招《まね》き入れた。

「ボス。これ——使ってください!!」

入ってきた途端、ベディヴィアは綺麗《きれい》にラッピングされた包みをアーサーへと差しだした。両手で掲《かか》げ持ち、アーサーを拝《おが》まんばかりに頭を下げ、包みだけをぐっと前に出す。

サンドウィッチを手にしているアーサーは、すぐに受け取ることができなかった。うつむいたまま、ベディヴィアの耳が赤く染《そ》まっていく。

「あ……あの、これはマフラーです。ネットで憧《あこが》れの上司に贈る……プレゼントの人気第一位はマフラーって書いてあったので、それで。ボスの気に入るものかどうかは自信ないですけど、それでも、お店の人にいろいろと相談に乗ってもらって……」

上目遣《うわめづか》いでひょこりと顔を上げ、しどろもどろに訴《うった》える。耳だけではなく当然、顔も真《ま》っ赤《か》だ。

アーサーはサンドウィッチを皿に置き、ガレスが渡してくれた温かいタオルで手を拭《ふ》いて、ベディヴィアから包みを受け取った。

「ありがとう。ベディ」

「は……はいっ」

受け取ってくれただけで感無量というような上擦《うわず》った声でベディヴィアが返事をした。

「ベディ。ちょうどガレスが作ってくれたサンドウィッチとトライフルがある。食べていくといい」

「え……でもボスの食事なのに……」

「俺ひとりには十分なくらい、たくさんある。そうだな。ガレス？」

「ええ」

「ベディ」

名前を呼んだ。それだけでベディヴィアがこちこちに固まり緊張する。

「椅子を持ってきて、ここで食え」

「え？」

きょとんと丸い目になって、ベディヴィアが見返した。

「ガレスもだ。このトライフルを俺ひとりで食べきるのは無理だ。たまにはおまえも、食べさせるばかりではなく、食べる側にも回るといい。座ってみんなでひとつの食卓《しょくたく》を囲むというのも悪くない」

アーサーの提案にベディヴィアだけではなく、ガレスもわずかに目を見開いた。けれど少しの沈黙の後で、

「はい。かしこまりました」

と、ガレスはうなずいたのだった。


不思議《ふしぎ》なものだと、アーサーは考えている。

アーサーが「食卓をみんなで囲んで食事を食べると美味しい」ということを知ったのは——まだ幼《おさな》い頃だった。

アーサーは自分がいつ生まれたのかを定かには知らない。

でも自分が親に捨てられた子どもだったということは知っている。

幼い日、アーサーは常界《テラスティア》から天界《セレスティア》の聖夜街《せいやがい》に運ばれ、取り残された。雪がしんしんと降っていた。振り仰《あお》ぐと空は藍色《あいいろ》に暗《くら》く、降下する雪は月の光をまぶされて淡《あわ》く光ってい

た。後ろを向くと、アーサーの歩いた足跡が、降り積もる雪の上に点々と残っている。

来た道には何もない。では、進む道は？

前を見据《みす》える。

誰もいないかと見えた、白いばかりの雪原《せつげん》に、アーサーよりわずかだけ年上の少年がふいに姿を現し、尋ねてきた。

「……おまえ、こんなところで何してんだ？」

それが――アーサーとその親友、サンタクローズとの出会いだ。

あとになって思えば、あの第一声はとてもサンタクローズらしいひと言だった。駆け寄ってきて「どうしたの？」と問うのではなく、季節外れの薄着で出歩く見ず知らずの子どもを遠巻きにして見なかったことにするのでもなく――まっすぐに前に立ち「何をしているのか」と聞いた。

いくつかのサンタクローズからの質問にアーサーが答えられたのは「わからない」という言葉だけだった。

だってアーサーは何ひとつ、わからなかったのだ。

どうして自分がここにいるのか。自分が本当は何者なのか。どこから来たのか。何をするためにいるのか。どこに行けばいいのか。何がしたいのか。

歩いてきた過去は小さく頼りないひとりぼっちの足跡で、振り返れば、白く積もる雪がアーサーの足跡を覆い隠《かく》し、消してしまっている。先に見えるのは見たことのない聖夜街の雪原で、ただひたすらに広く、まばゆいくらいに銀だった。

サンタクローズは「わからない」と途方に暮れるアーサーに、きわめてサンタクローズらしく的《まと》を射《い》た言葉をくれた。

「もしかして、捨てられたのか？」

「………………」

「大切なもの、失《な》くしたんだな」

言われてやっと、アーサーは、自分が何かとても大切なものを失くしてしまったらしいことに気づいた。あらかじめ失われてしまった、もしかしたら手に入っていたかもしれない、とても大事なもの。それは、何？

アーサーにあるのは自分がそれまで閉じ込められていた、ひとりぼっちの広い部屋の記《き》憶《おく》だけだ。壁に貼られていたのは世界地図。二次元のそれをぼんやりと眺めていたそのとき、アーサーにとって世界は、地図と同じにずいぶんと味けなく平べったいものだった。

「……取り戻すことは、できないの？」

そっと聞き返す。

「んなの、俺が知るかよ」

ぶっきらぼうに答え、けれどサンタクローズはアーサーの手を握《にぎ》り、引いた。つないだ手のひらごしに温度が伝わる。ぽっと温かいそれが、アーサーの肌《はだ》からじんわりと全身まで滲《にじ》んでいく。

平べったかった見知らぬ「世界」に体温が重なる。

四角いだけの部屋ではなく──その先に「世界」がつながっていることをその夜、アーサーは知った。

色を持った世界。藍色の夜空に白い雪。雪原は白いだけではなく、光を得るとキラキラと銀色に瞬《またた》く。アーサーの足元で雪がさくりと解《と》け、崩《くず》れる。

手を引いて歩いてくれる少し年上の少年。一瞬だけ振り返る。アーサーの後ろに残された足跡は、ひとりぶんではなく、ふたりぶんになった。寄り添って連《つら》なっていたサンタクローズとアーサーの足跡の上にも、雪が降り積もっていった。

その夜から──アーサーは同じ食卓を囲む誰かがいることの意味を知ったのだ。会話すること。笑い合うこと。時には喧嘩《けんか》をし、殴《なぐ》り合い、アーサーはサンタクローズと、彼の幼《おさな》なじみであるエリザベートと共に過ごし、後《のち》に生まれたサンタクローズの妹であるイヴとみんなで育っていったのだった。

過去を思い返しながら、アーサーは、三人でガレスの作ってくれた食事を食べている。

「ベディ」

「は、はいっ」

「……俺の顔ばかり見てないで、ちゃんと食え」

ベディヴィアはサンドウィッチを両手に持ったまま、アーサーの目の前で固まっている。

「……はい。あ、あの。じゃあボスの顔を見ながらちゃんと食べ……」

と言いながら、見つめたままサンドウィッチを食べようとして、挟《はさ》んでいたレタスをテーブルに落とした。

「……るのは難しいです。い、いまのは見なかったことにしてくださいっ。どうしよう。汚《よご》してしまいました。ボスのデスクなのに」

「テーブルクロスがあるから気にするな。あとでクロスを洗えばそれで済む」

「……ううう。すみません」

しゅんとうなだれたベディヴィアの様子は、忠実《ちゅうじつ》な犬が、飼《か》い主《ぬし》に叱《しか》られたときと同じ表情になっている。この、よく変わる表情と反応のせいで、ベディヴィアはユーウェインにしきりにからかわれている。

「そういえば、ベディ」

「なんですか?」

「このあいだベディがまとめて提出してくれた、常界繁華街《テラスティアはんかがい》でのムリウム異常発生事件のデータだが」

「はい。大量に発生しているというだけで被害があったわけではないんですけど、突然だったのでちょっと気になって。その後、何かありましたか？」

頬《ほお》を染めてふにゃりとなっていたのが一変し、ベディヴィアのまなざしがきりっとする。

仕事とそれ以外というオンオフの切り換えスイッチが入ったのだ。

ムリウムとは常界《テラスティア》の排水溝《はいすいこう》や壁の隙間などに発生する下級悪魔《あくま》だ。灰色の丸い形状をした魔物で目だけが大きく光っている。壁に空いた穴など、とにかく「空間」をふさぎたがるという性質を持つ。

それが最近、繁華街で大量に発生しているというのを先日、ベディヴィアがアーサーに報告した。

「あの付近ではアオリウムも異常発生しているらしい。こちらも当面、深刻《しんこく》な被害はないようだ」

アオリウムもムリウム同様、下級悪魔だ。こちらは水場に集《つど》う魔物である。

「前年同月の三倍増で、特に要因《よういん》となるような出来事はなかったですよね。下級の魔物で細やかな意志疎通《そつう》もできないし、研究している学者さんも少ないです」

「一定数の増減は常にある。評議会警備局のほうでも『現状、事件性は見られない』ので定期観察をしながら放置と決定した。ただアオリウムの大量発生している店から『どうにかしてくれ』と要請《ようせい》が来た。客商売の邪魔《じゃま》になるから迷惑《めいわく》だと」

「私、行きましょうか?」

「いや。その必要はない。別の者に指示を出した」

繁華街で水の多い場所――女性が接客をする酒場からの要請だったので、ベディヴィアを派遣《はけん》して調べるよりは適任者が別にいた。

「そうですか」

「俺たちには関係のない事態なのかもしれないが――そうではない可能性もある。これからも、何か気になることがあれば細かく報告してくれ」

「はいっ。もちろんですっ」

しっぽを威勢《いせい》よく振り回す犬みたいなベディヴィアに、アーサーは小さく笑う。

その後は、仕事には関係のない話をした。ベディヴィアが最近からかわれて怒った話を聞いて、ガレスとふたりで笑った。

また電子音がした。視線を上げて確認をする。

パロミデスとガウェインだった。

「入れ」

短く告げると、大柄《おおがら》でがっしりとした体躯《たいく》の上に機嫌《きげん》の悪い闘犬《とうけん》みたいな顔を乗せたパロミデスと、ふたつに縛《しば》った金の髪にくるっと丸く青い瞳が愛らしい、まだ幼さの残る少女が部屋を訪《おとず》れる。

「パパ……」

ガウェインがタッと駆け寄ってきてアーサーの前に立った。

「ガヴィ。なんだい？」

ガウェインはアーサーのことを「パパ」と呼ぶ。テロの犠牲《ぎせい》になって家族を亡《な》くしたガウェインは助けだしてくれたアーサーを、現在の自分の保護者《ほごしゃ》として慕《した》っているからだ。

ガウェインに対してだけはアーサーは、無意識に声のトーンがほんの少しだけ優しくなる。目を背《そむ》けたくなるような残酷《ざんこく》なテロ現場で、燃えさかる焔を見つめ、悲しみと恐怖《きょうふ》で泣きじゃくっていた少女に「これはすべて俺の責任だ。だから新しいはじまりを贈らせてもらえないか？」と声をかけたときから——アーサーはガウェインの「パパ」として彼女の成長を見守ろうと心に決めたのだ。

「これ……パパに」

ガウェインは脇目も振らず、アーサーだけを見つめている。ガウェインの手のなかにあるのは小さく切った紙の束だ。

「俺にか？　ありがとう。ガヴィ」

何かな、と受け取ったアーサーは微笑んでいる。そういえば去年、ガウェインはアーサーに生真面目《きまじめ》な顔で「お手製肩たたき券」をくれたのだ。世界評議会に属しているからガウェインにも給与は支払われているが、まだ未成年だからとそのすべては当面貯蓄《ちょちく》に回され、ガウェインの手元に届くのは年相応にわずかばかりの毎月のお小遣《こづか》いだけ。そのなかでアーサーにプレゼントを考え、渡してくれる気持ちが嬉しい。

「……パパのためだけの飴券。ポシェットにパパの好きなものを入れる券。パパひとりの時間を作る券。いろいろあるんだな、今年のチケットは」

飴……ひとりの時間……。脈絡《みゃくらく》がありそうでなさそうな、バラエティ豊かなチケットの文面をひとつひとつ読んだ。

「ユーウェインが『男は胃袋《いぶくろ》をつかんだらイチコロだ』って言ってたの」

ガウェインが真顔で言う。

アーサーは額《ひたい》に手を当て、うつむいて「あの馬鹿《ばか》」とつぶやいた。

「パーシヴァルは『男には、女の知らないひとりの時間も必要なんだ』って。それでケイが『懐《ふところ》の深い、なんでも受け止められる人間は好かれる。私みたいにね』って言ったの。パパに私のこと、もっと好きになってもらいたいから……」

いかにも「意味のすべては理解していないなりに、言われたことをそのまま語る」という、幼くたどたどしい棒読《ぼうよ》み口調《くちょう》にアーサーは口元を綻《ほころ》ばせた。

「……ガヴィ。参考にする意見を聞く人選に偏《かたよ》りがある。だが、ガヴィのその気持ちはとても嬉しいよ」

保護者として、クズどもをあとで叱《しか》っておかないとと思いながら、チケットを捲《めく》ったアーサーの手がラストの一枚で止まる。

「……キス券…………？」

聞かなくてもこれが誰の意見を参考にしたものか、わかる。

三度の飯よりキスが好きと豪語《ごうご》するランスロットだ。

「……一応、俺は俺なりに意見しましたが、採用《さいよう》されたのはそっちだったものですから」

バロミデスがどことなく愉快《ゆかい》そうにしてアーサーに告げた。チケットの中味を知ったうえで、アーサーの反応を逐一《ちくいち》確認しようと思っていたのか、「キス券」に到達《とうたつ》するまでずっと無言だった。

「子どもの成長ってのは止められないものですよ、アーサー。あなたの宝物は毎日毎日、成長していっている。いろんな意味でね。──あ、俺からはこれです」

ドンッとデスクに載せられたのは筋《きん》トレ用のダンベルだった。

「仕事しながらでもできるサイズのものがあると、重宝《ちょうほう》すると思いまして」

豪快《ごうかい》に笑って言われたので「自分は仕事をしながら筋トレをすることはないだろう」と否定《ひてい》するのは、やめた。

「感謝する。ところで、パロミデスには俺の宝物を守れと命じたはずだが？」

パロミデスとアーサーは、ガウェインを引き取ることに決めたテロ事件の鎮圧《ちんあつ》に向かったときに知り合った。そのとき、世界評議会は、人質《ひとじち》を見殺しにして解決しようとしていた。異を唱《とな》えたのが、傭兵《ようへい》として参加していたパロミデスだった。殺伐《さつばつ》とした現場のただなかで、パロミデスは目だけをぎらつかせ、声を荒《あら》らげることもなく静かに怒っていた。闘犬は、不信を隠すことなく、その場の責任者として派遣されたアーサーを睨《にら》みつけていた。人の命のために怒ることのできる彼を、アーサーはひと目で気に入った。だから「好きにやれよ。始末書なら俺が書いてやる」と告げたのだ。

パロミデスはアーサーのひと言を得て、解《と》き放たれたかのように暴《あば》れた。

だが、アーサーたちの到着《とうちゃく》は少しだけ遅かった。

そのせいでガウェインの家族は亡くなり——アーサーはガウェインを引き取ることになり——一部始終《しじゅう》を側で見ていたパロミデスにも声をかけた。アーサーは不敵な面構《つらがま》えのパロミデスが気に入ったのだ。だからアーサーは「俺の宝物を守れ」と、アーサーが側にいないときのガウェインを守れと、パロミデスにガウェインを託《たく》した。

「守ってますよ。これでも精一杯《せいいっぱい》食い止めてるんです。俺が思うに——ナイツ・オブ・ラウンドの人選そのものが、かなりアレなんですよ。自分で言うのもなんですが、俺も含めていろいろと……なんというか……アレです。子どもにいい環境《かんきょう》ではないですね」

ガレスがこほんと咳払《せきばら》いをする。ベディヴィアも「私、アレじゃないと思うんですけどー」と主張している。

ところが——。

「私、もうそんなに子どもじゃないわ。それに、もっと早く——大人《おとな》になるわ。そしてパパのことは私が守るの」

話題の対象であるガウェインがきっぱりと言って、アーサーを見つめた。

反論が予想外のところからやってきた。ガウェインからとは。

アーサーを守ると言い切るときのガウェインの表情は、幼女《ようじょ》のものではなく、もっと大人びて見える。親を亡くした過去とひどい事件の渦中《かちゅう》で拾われたことを思うと、彼女の心の一部が、本来の年齢《ねんれい》を超えて、急いで育とうとするのを止めることはできないのだった。

「私もです。私だってボスのこと守ります」

ベディヴィアも真剣なまなざしをアーサーに注ぎ、ガウェインに同意する。

「ありがとう。ガヴィ。ベディ」

アーサーはふたりの「女性」の守護《しゅご》の言葉を受け止め、彼女たちの顔を交互《こうご》に見つめ返したのだった。

「ボス。ふたりを連れてきました」

トリスタンがカツカツと部屋に入ってきた。トリスタンの後ろには、とぼけた顔をして事をごまかそうとしているクズと、しれっとして一切悪びれていないクズの、ふたりの男がついてきている。

「トリス。ご苦労だった。ユー、パーシヴァル。そこで少し待て」

クズたちに告げ、アーサーはガレスにねぎらいの言葉をかけた。

「ガレス。ごちそうさま。美味しかったよ」

まだワゴンにはたくさん料理が残っているが、アーサーはベディヴィアとガレスと話をしながらの食事を十分に堪能《たんのう》した。

「ベディ、ゆっくりと話せて楽しかった」

ベディヴィアが「はいっ。私も楽しかったです」と目を輝《かがや》かせてうなずいている。

「ガヴィ。お腹《なか》が空いているようなら、ガレスにサンドウィッチの残りとトライフルをもらうといい。ガレス、まだトライフルは残っているな？」

「はい」

「トライフルは洋酒がたっぷり染みているから、あまり食べすぎないようにな。過ぎると、酔《よ》うかもしれない」

「……私もう大人だから大丈夫よ、パパ」

「パロミデス……？」

視線を上げてパロミデスを見ると、

「わかってるよ。ちゃんと酔っぱらわない程度にするよう見張ってる」

両手を掲げて降伏《こうふく》の姿勢を見せ、パロミデスが顔いっぱいに大きな笑みを浮かべる。

ガレスが手早く食器をワゴンに片づけ、テーブルクロスを取り払った。書類の束もあっという間に元通りだ。

四名がアーサーの執務室をあとにする。全員が出ていったのを見届けてから、アーサーはデスクに座ったままユーウェインとパーシヴァルの顔を交互に見た。

「さて——ふたりの報告を聞こうか」

「報告っていうか……まあ、ボスの誕生日の前祝いを盛大にやっただけだぜ。誕生日おめでとう、ボス」

ユーウェインが、へらへらと笑いながら、アーサーのデスクに雑誌を置いた。

「これ、俺からのプレゼント」

しげしげと見る。女性の裸体《らたい》が載っている雑誌——有《あ》り体《てい》に言えば「エロ本」である。アダルト系で、いまどき紙の雑誌媒体《ばいたい》は、逆に探すのに苦労するだろうけれど、どうやら前もって準備していたわけではなさそうだ。読んだ跡があり、袋にも入っていなくて、剝《む》きだしのままだ。

ガウェインを遠ざけておいてよかったと、アーサーはしみじみ思った。そんな気がしていたのだ。どうせこのふたりはロクな言い訳はしないだろうと。

「悪いがこれは俺の趣味《しゅみ》じゃないな」

さっき見つけた、事の発端《ほったん》になったパブからの請求書を雑誌の上に載せて、デスクの上を滑《すべ》らせユーウェインに向けて押し返した。

「あー、それね。それ。トリスタンからもいろいろ言われたけどさ、パブのマスターもよっぽどボスの誕生日が祝いたかったんだろうな。まさか翌日《よくじつ》すぐに請求書回してくるってのは、こっちも予想外つーか、こう……ね」

トリスタンは腕組みをして、傍《かたわ》らに立っている。眼鏡《めがね》のレンズの奥で双眸が冷たく光っている。

「えーっと、減給はやめといてくんないかな。こっちはほら、お祝いの気持ちを込めてるんだから。そうだよな？　パーシヴァル？」

「まったくだ。俺からもボスに誕生日プレゼント。これ」

請求書にかぶせる形で、パーシヴァルがやはり裸体の女性が写るパッケージのＤＶＤを置いた。こちらもいまどきＤＶＤなんてどこで入手したのかと頭を抱《かか》えたくなるうえに、アダルトな内容である。

請求書を「エロ本」と「エロＤＶＤ」にサンドウィッチにされて、アーサーは内心で苦笑する。

パーシヴァルはナイツ・オブ・ラウンドに配属される前は、評議会の査察局《さ さつきょく》にいた男だ。アーサーが招き入れたわけではなく、評議会から「アーサーのお目付役に」と命令を受けて転属してきた。アーサーはパーシヴァルに「誰の手引きか知らないが、俺はおまえを歓《かん》迎《げい》する」とこちらから手を差しだした。パーシヴァルが素行《そこう》の悪さゆえに査察局で、もてあまされていたのは知っていた。だが、態度の悪さばかりが目を惹《ひ》くが、仕事ぶりそのものは有能なことにアーサーは気づいていた。しかし、有能ではなかったとしても、アーサーはパーシヴァルを受け入れただろう。

最初は不服顔で不信感を滲ませていたのに、いつの間にかパーシヴァルはアーサーの私設特務機関の環境に馴染《なじ》み、こうやってユーウェインとコンビで、アーサーの手をわずらわせるようになった。

アーサーは挟み込まれた請求書を引き抜こうとする。パーシヴァルは、抜かせまいとDVDを渾身《こんしん》の力で押しつける。

「あなたたち。いい加減にしないと私、本気で怒るわよ」

とうとう、底冷えするような冷たい声音でトリスタンが告げた。パーシヴァルとユーウェインがはっと顔を見合わせ、げっそりとした表情を浮かべた。

想定通りの展開に、アーサーは声に出して笑った。くくく……と低く笑うアーサーを見て、ユーウェインとパーシヴァルもニヤリとする。

「――祝いの品を差し戻すのは無粋《ぶすい》ってもんだぜ。ボス」

「トリスも怒ってることだし、ここは穏便《おんびん》にいこうぜ、ボス」

ふたりで同時にそうまくしたて、「レトロエログッズと請求書」のサンドウィッチを押しつけると、ふたりのクズたちは「じゃあ、そういうことで」と声を揃《そろ》えてさっさと執務室を逃《に》げだした。

こういうときのふたりの息の合いっぷりときたら……。

「ボス……いいんですか」

トリスタンが眼鏡のブリッジを押し上げながら、嘆息《たんそく》する。

「笑わせてもらったし、かまわない」

請求書のサンドウィッチを、トリスタンが素早くアーサーのデスクから回収する。

「本当にあの人たちときたら……」

言いながらトリスタンは自然な動作でインク壺《つぼ》にインクを注《つ》ぎ足した。ペン先の補充《ほじゆう》をし、サインを終えた書類を仕分けてさっと抱える。

「トリス」

「なんでしょう。ボス」

「ありがとう」

ちょうどなくなりかけていたインク液を、命じないでも補充する「右腕」に感謝の言葉をかける。トリスタンの気遣いは誕生日に特化したものではない。日々、アーサーの仕事のアシストに余念がない。トリスタンはにっこりと笑顔を返した。

「いえ。ボス、食後のコーヒーか紅茶をお持ちしましょうか？」

そういえば食後のお茶を飲みそびれてしまった。

「ああ。そうだな。頼む」

トリスタンは軽く一礼し、執務室を出ていった。


入れ替わりのようにして入ってきたのはケイだ。

茶色の長い髪を後ろでひとつにまとめた、緑の双眸の美人。警備局で働いていたケイを誘い入れたのは、彼女の笑顔と言葉がいつでもまっすぐだったからだ。毒舌家《どくぜつか》だと周囲に見なされるのは、彼女の表情と言葉に裏表がないせいだ。取り繕《つくろ》うことがない素直さがアーサーには心地よかった。

「ちょうどこの部屋を出ていくユーウェインとパーシヴァルとすれ違ったわよ。なんなの、あいつら。してやったりみたいな顔で笑ってた。トリスタンはあきらかに怒ってるし。どうせあのふたりがなんかやらかしたんでしょ？　上に立つあんたがちゃんと手綱《たづな》押さえとかないから、トリスタンが面倒事を押しつけられてるんじゃない？　あー、ヤダヤダ」

入ってきたと同時にまず一発目。ケイは常に文句《もんく》から入る。

「そう思わせてしまうのは、俺の力が足りないからだな」

受け流すとケイが嫌《いや》そうに口角を下げた。

「だからそういう綺麗事が気に入らないの。本当にあんたったら、いつまで経っても変わらない。私、あんたの悪口だったら百くらい一気に言えるわ」

「では、その百の悪口とやらを謹《つつし》んで聞こうか」

手元の書類の文面を読みながら、アーサーが答える。

「言ったって、変わらないじゃないの。だからわざわざ羅列《られつ》なんてしてやらないわ。私、無駄なことは嫌《きら》いなの。――ほら」

「……なんだ？」

デスクの傍《かたわ》らに、ことりと箱が置かれた。シックな包装《ほうそう》がされた小箱を、ケイのしなやかな指が、つとアーサーに向けて押しやる。

「これ、無駄にしないでよね。今週発売したばかりのフレグランス。せめて匂《にお》いくらい、私の好きなものを身につけていて欲しいわけよ。どうせ会議だなんだとあんたと一緒の空間にずっといるんだし。嫌いなその顔つきも、好きな匂いで中和するわ」

顔をしかめてさも嫌そうに言ってから、ケイはくるりと背を向ける。

「今日いますぐ、このあとすぐ、つけなさいよね。ちゃんと使って」

アーサーの表情を、振り返って確認しないのもいかにもケイらしい。

アーサーは小箱の包みを開け、なかからフレグランスのボトルを取りだした。シンプルなブラックボトルに金のラインが入っている。手に持ってプッシュする。空中に漂うのはスパイシーななかにムスクが加わった、甘やかな香りだ。

アーサーはくすりと笑ってボトルをデスクに置いた。

「ありがとう、ケイ」

アーサーが感謝を告げたときには、ケイはとっくに部屋を出てしまっていた。

「何笑ってんだ？　気に入らねぇな」

ふいにそう声がかけられる。

ランスロットの声だった。

アーサーの執務室から階段でつながった階下には、ナイツ・オブ・ラウンドの円卓《えんたく》会議室がある。

その階段を上《のぼ》ってきたランスロットが、デスクに座るアーサーを睨《にら》みつけたまま近づいてくる。

円卓のメンバーならばＩＤカードで円卓会議室に入室可能だ。円卓会議室を通ってしまえば、いちいちアーサーに確認を取らずとも、執務室にすぐに上がれるのだ。ただし、みんなはそうはしなかった。アーサーの許可を得て入室することを選択《せんたく》した。

唯一《ゆいいつ》、ランスロットだけはアーサーの都合《つごう》ではなく、自分の都合を優先した。

「……匂う、な」

ランスロットが、漂う香水の香りに気づき、眉間《みけん》にしわを寄せた。

「いい匂いだろう?」

アーサーが応じる。

「男のフレグランスの香りをいい匂いだと思ったことはねぇな」

いかにもランスロットならではの返答に、アーサーは笑みを深める。

この金髪に碧眼《へきがん》の美青年は、三度の飯より女性たちのキスを好《この》む男だ。男の香りなどに興味を抱くはずもない。そのうえランスロットは、アーサーのことが男性のなかでも特化して嫌いなのだ。

アーサーがランスロットと巡《めぐ》りあったのは、とある路地裏《ろじうら》だった。

どうしてその道を歩いていたのかの記憶はアーサーにはない。いつも通っている道でもない。だからそれは偶然《ぐうぜん》だった。

ランスロットはそのあたりを締めているやくざ者の連中を殴《なぐ》り倒していた。一方的なものだったから、喧嘩とは言えない。きっかけがなんだったのかはアーサーには知るよしもなく、あとになって聞こうともしていない。

ランスロットは研《と》ぎ澄《す》まされた剝《む》きだしの刃《やいば》さながらに、ぎらぎらと、野蛮《やばん》な力に満ちていた。

若い、と思った。

アーサー自身もまだ若かったというのに。

強い、とも思った。

アーサーもまた己《おのれ》の強さを自負《じふ》していたのに。

痛い、とも思った。

アーサーも、その痛さを持っていると同調した。

相手を殴りつけているランスロットの双眸が、力の加減を忘れて、力に呑《の》み込まれてしまいそうなくらい苛立《いらだ》っているように見えた。それが苦痛を感じさせた。やりきれなさの噴出口《ふんしゅつこう》が暴力《ぼうりょく》でしかない痛みを、アーサーもどうしてか知っていたような気がした。

「それくらいにしておけ」

だからアーサーはランスロットの手を止めた。

「あん？　なんだてめぇ」

振り返りアーサーを睨みつけた男の双眸には、アーサーの姿が映り込んでいる。

金の髪に黄金の双眸を持つ白皙《はくせき》の男。

「王だ」

名乗ったそのとき、アーサーはまだ王ではなかった。いつか王になろうとしていた男だった。けれどランスロットに対しては「王だ」と名乗りをあげなくてはと、ひと目でわかったのだ。

ためらいなくするっと口をついて出た言葉に、ランスロットの眉《まゆ》が跳《は》ね上がる。

「王……だと？」

馬鹿《ばか》じゃねぇのか……と吐き捨てて。

ランスロットはアーサーに殴りかかった。

くりだされた長い腕を躱《かわ》し、わずかに横へ移動する。ランスロットの隙をついて間合いを詰め、腹に拳《こぶし》をひとつき。鍛《きた》えられた身体《からだ》ががしりとアーサーの拳を受け止める。

ランスロットは倒れない。

互いの視線が交差し、睨み合う。

ランスロットがばらばらに指を開いて、手の甲《こう》でアーサーの顔を叩《たた》きつけようとする。人の頭蓋《ずがい》と顔の骨格はとても固く、半端《はんぱ》に拳で殴りつけると逆に指の骨が折れてしまうことがある。それを懸念《けねん》しての平手の攻撃《こうげき》は、いかにも喧嘩に慣れた男のものだ。

上半身をのけぞらせて躱すと、すかさず蹴《け》りが入る。アーサーはランスロットの動きを推測し、くるりと身を翻《ひるがえ》す。たたらを踏んだランスロットに逆に回し蹴りを食らわせる。バランスを崩《くず》したランスロットが地面に手をついた。

ランスロットは驚いた顔をした。倒されて、地面に手をつけたことがいままでなかったのだろうことがその表情で知れた。

「民は王に勝てないのか？」

「馬鹿にしてんのか？」

驚愕《きょうがく》の表情が瞬時《しゅんじ》に悔《くや》しげなものへと変わる。

ランスロットに倒されたやくざ者たちが、戦いだした二人を見て、ここぞとどこかへ逃《に》げ去っていった。よろよろと肩《かた》を抱《だ》き合って逃亡《とうぼう》する男たちをもうランスロットは見ていない。彼が凝視《ぎょうし》しているのは、もはや、アーサーだけだった。

その視線が心地《ここち》よかった。

殺意を迸《ほとばし》らせた凶暴《きょうぼう》な双眸に見つめられ、アーサーはランスロットに告げる。

「王にすがるのが民ならば、神にすがるのが王だ。そして王に反旗《はんき》を翻すのが民であれば、神に反旗を翻すのは王だ……。俺は神を殺して王になる。おまえはそれを証明するために王を殺す民になれ」

「ふっ……。大嫌いだね。あんたみたいな奴は」

嫌われることが心地いい。ランスロットはアーサーにとって、初対面の瞬間からずっと、そういう相手だった。アーサーのことをためらいなく殺すであろう、運命の併走者《へいそうしゃ》となり得る男だ。

つまり、その日、その路地裏を通ったのは偶然ではなく——運命。

「だからあんたのこと、殺してやるよ」

ランスロットが低く言う。

「では約束しよう。それまでは誰にも殺されはしないと」

アーサーは薄く笑って応えた。

そのままランスロットはナイツ・オブ・ラウンドのメンバーのひとりになった。彼が、湖畔《こはん》に住む妖精ヴィヴィアンのかつての養い子だったと知ったのは、円卓の騎士に加わってかなり月日を経てからのことだ。

ランスロットが自分を睨みつける双眸の鋭さは、いまだに当時のままだと思い返し、アーサーは笑みを零《こぼ》している。

「……さっきからなんで笑ってんだよ。てめぇは」

「思い出していた」

「何をだ？」

「おまえとの出会いの日を。おまえが俺を見る双眸はずっと変わらず、研《と》ぎ澄《す》まされたままだな。嬉しいよ」

「馬鹿にしてんのか？」

「褒《ほ》めている。むしろ……そうだな、俺ほどおまえを信頼している王は、この世界に他にはいないくらいだ」

「王は世界にひとりいれば十分だ。王殺しも——この世界に俺ひとりだ」

「ああ」

「いつかてめぇを絶対に殺してやるよ」

「楽しみにしているよ。約束通り俺は、それまでは絶対に誰にも殺されはしない」

「……覚えておけよ。その約束」

かつての日と比べ、ランスロットの印象《いんしょう》は柔らかくなった。成長したというべきか。もう若くはない。痛くもない。しかし以前よりさらに強くなった。そして穏和《おんわ》になりながらも、アーサーを見つめるときだけ剝きだしの凶暴さをかいま見せる。

アーサーはランスロットとの約束は違《たが》えない。王は民とした約束を反故《ほご》にしたりしない。口に出さずにアーサーは微笑《びしょう》を浮かべ、自身に誓《ちか》う。

アーサーは、ランスロットに殺されるまで、生き抜くと――。

それもまた必然の、運命だ。

ランスロットがアーサーのデスクの上に書類の束を投げて寄越《よこ》した。

「……ほらよ。報告書」

アオリウムが繁華街の酒場に大量発生しているという事象の調査と、アオリウムの捕獲《ほかく》と駆逐《くちく》をランスロットに命じていた。その報告書だ。

女性が接客する店ばかりだったから、ランスロットが適任だろうと派遣した。ランスロットも今回ばかりは逆らわなかった。美女揃《ぞろ》いの店だったからだ。いつもの手管《てくだ》を発揮《はっき》して、アオリウムの情報だけではなく、美女たちからのたくさんのキスと熱いハートを堪能《たんのう》し、戻ってきたに違いない。

「ご苦労」

パラパラと報告書を捲《めく》る。これという要因《よういん》らしきものは見つけられなかったと記載《きさい》されている。一部を捕獲し、その他は駆逐。処理終了。ランスロットの書き文字は案外と綺麗《きれい》で、几帳面《きちょうめん》だ。

「それから、これ。午後から有給消化で半休もらうからな。申請書出しとかねぇとトリスタンがうるせぇから、おまえからあいつに渡してくれ」

まったく……こんな日に働いていられるかと、ランスロットは、うそぶいた。

階段を下りて去っていく背中に、アーサーは、

「メリークリスマス」

と小声でささやいた。

返事は不要だ。

ランスロットはたぶん、クリスマスイヴをとても満喫《まんきつ》している。クリスマスを楽しむ人の姿を見るのが、アーサーは好きだ。クリスマスイヴとクリスマスは、アーサーにとっても大事なものだからこそ。

少し経ってからトリスタンが、丁寧《ていねい》に淹《い》れた紅茶と共に入室する。

アーサーのデスクに置かれたフレグランスのボトルに口の端を少しだけ綻《ほころ》ばせて笑い、続いてランスロットの置きみやげの用紙を見つけて眉をひそめる。

「ボス、なんですか……これは？」

「ランスロットの有給申請書だ」

「いつの間に？」

「アオリウムの調査報告書と一緒にさっき置いていった」

「ランスロットはもう今年の分の有給はすべて消化していますが？」

眼鏡を押し上げて、トリスタンが冷静に指摘する。

なるほど。だからトリスタンには提出できなかったというわけか。

「ランスはたくさん働いた。半日くらい大目に見よう」

「――働いてないでしょう。酒場に調査に行ったのはおそらく昨日の夜で、あっという間に仕事は片づけて、そのあとは一番気に入った美女と朝まで過ごし――のんびりと起きだして報告書を書いて持参し――きっと次の女性のもとにこれから向かうんでしょうけれど」

トリスタンの読みは鋭く、おおよそ、その通りなのだとしても――。

「今日くらいは、気にしないでおこう。トリス」

アーサーは有給申請書をくしゃりと丸め、トリスタンに渡す。

「シュレッダーにかけて裁断《さいだん》しておいてくれ」

誰かに見つからないように。アーサーとトリスタンが見なかったことにして、ランスロットの今日の有給は大目に見ておこう。

「わかりました。ボスがそうおっしゃるのでしたら」

はあっと大きなため息を押しだして、トリスタンが丸めた紙を持っていった。


紅茶を片手に書類を片づけていると、ラモラックを伴《ともな》ってトリスタンが戻ってきた。

「アーサー。これ」

ラモラックに差しだされたのは、何も生《は》えてはいない植木鉢《うえきばち》だった。両手に乗るくらいの植木鉢にはしっとりと濡《ぬ》れた土が盛《も》られている。

「これ……月桃《げっとう》って言って葉っぱにリラックス効果があって、料理に使ったり、お薬にしたり……あとお花も綺麗なんだ。まだ種を植えたばかりだから何も生えていないけどさ……」

月桃――ゲットウ。

房《ふさ》になって咲く、白い花弁が特徴《とくちょう》の綺麗な花だ。花びらは、先端にかけてぼんやりと白から桃色へのグラデーションを重ねている。

顔を包み込むように短めにカットされた金の髪に、勝ち気さがほの見えるわずかに吊りなる。

気味の眉と双眸。ラモラックはまだ少女と言える年齢だが、武芸の達人だった。彼女を見た目通りの小柄な少女とあなどって対峙《たいじ》すると、相手はしたたかに打ちのめされることになる。

ラモラックがナイツ・オブ・ラウンドに加わったのは、つい最近だ。アーサーは仕事の都合で訪れた南の離島で、稽古中《けいこちゅう》のラモラックを見つけ、勧誘《かんゆう》した。故郷《こきょう》を何よりも愛するラモラックは、アーサーの申し出をあっさりと断った。島から出るつもりは、一切なかったらしい。

が、アーサーはラモラックの強さと、故郷という帰るべき場所を持ち愛する少女を、どうしても自分の配下に加えたかった。そこでアーサーはラモラックに戦いを挑《いど》んだ。アーサーが勝てばラモラックはアーサーの部下になる。ラモラックが勝てばアーサーはラモラックを諦《あきら》める。アーサーはラモラックに「世界が広いってことを教えてやろう」と告げた。

ラモラックはおそらく、自分が負けるとは思っていなかったに違いない。面倒くさいことを言いつのる相手を叩きのめして、追い返すつもりで、アーサーの出した条件を呑んだ。

結果――ラモラックはアーサーに負けた。

故郷の島を愛する少女は、島から離れ、広い世界に足を踏み入れることを了承《りょうしょう》し、ナイツ・オブ・ラウンドの一員となった。

ラモラックは、幼少《ようしょう》から武術を嗜《たしな》んでいたからこそ、身体で相手を悟《さと》る節《ふし》がある。言葉数は普段はそこまで多くはないし、説得や説明の言葉より先に手足を動かすのを得意とする。

「なるほど。おまえの故郷の島の花だな」

若干《じゃっかん》、言葉足らずのところがあるラモラックの説明をアーサーが補足《ほそく》する。

「そう！　アタシの故郷の花なのさ。アタシ、この花が大好きなんだ」

ラモラックがこくんと強くうなずいた。

アーサーとラモラックのやり取りを見ていたトリスタンが微笑んだ。

「それはあなたにとって、とても大切なものね」

ラモラックはくるっと振り返り、トリスタンにも強くうなずいた。

「そう！　この葉っぱで餅粉《もちこ》をこねたのを包んで蒸《む》すのが美味《おい》しいのさ」

快活《かいかつ》に答えるラモラックに、トリスタンが目を細めた。

「……そうなの？　じゃあちゃんと育ててお花も咲かせて、そのうち葉っぱでガレスにその料理を作ってもらわなきゃね」

「ガレスに頼まなくても材料があれば、アタシも作れるさ」

「あら。ラモラックは料理もできるのね」

「簡単なもんならねー。ちっちゃいときから修行してたから、最低限のことは自分でやらされてたし。武道ってそういうもんだからさ。師匠《ししょう》の身の回りの世話もしてたし」

トリスタンとラモラックの会話を聞き、アーサーは存外、ラモラックのことをまだ知ってはいないなと思う。ラモラックだけではなく、円卓の騎士たち全員の個人的なことを細かく聞く機会がないのだ。

逆にアーサーの人となりを彼らが細かく知る機会もない。

それでも――こんなふうに日常の合間に、互いの情報や性格や嗜好《しこう》が零れ落ち、積み重なりだしている。地層のように個々の感情が重なり合い、ナイツ・オブ・ラウンドの形を作り上げていく。

どうして――アーサーは彼らを選んだのだろう。

ふと考えることがある。組織の中堅《ちゅうけん》を担《にな》う女。老いを理由に引退した男。組織試験の基準に至らなくても諦めなかった一途な若い女。傭兵上がりの故郷を持たない壮年《そうねん》の男。泣きじゃくる幼い子どもである傷ついた少女。親友を亡くし絶望して世を捨てていた若い男。組織からつかわされたアーサーにとって裏切り者になる要因のある男。アーサーを嫌い毒を吐く若くてまっすぐな女。もしかしたら足を踏み外したときにアーサーを殺してくれるだろう思いを込めて引き入れた「縛《しば》り」に似た強い民としての男。そして故郷を愛する強くて若い女。

意味があるようで、意味がない。

意味がないようでいて、意味を求める。

アーサーにしかわからないが、わかる必要はない。

自分が王になるために、側にいて仕《つか》えてくれる騎士をアーサーは欲した。

性別も年齢もばらばらな彼らは、ナイツ・オブ・ラウンドとしてアーサーの周りに立つ。

アーサーがそれを許した。

「では、枯らさないようにしないとな」

アーサーがつぶやいた。

「大丈夫だよ、アーサーが水やりと世話を忘れても、きっとトリスタンがしてくれる。そういうの、アーサーよりトリスタンのほうが上手《うま》い気がするさ。心配しなくてもトリスタンが絶対にちゃんとするから」

ラモラックが真顔で言った。

「ラモラック……」

トリスタンが困り顔でラモラックをたしなめた。

「そうか。では、頼む。トリス。俺が世話を忘れてしまったときはトリスが代わりに」

「はい。ボス」

種は、芽吹《めぶ》くことができるだろうか。

花は、咲くことができるだろうか。

植木鉢という不自然な偽《いつわ》りの小さな環境《かんきょう》のなかで。

電子音がする。トリスタンが反応する。

見覚えのないＩＤカードがかざされ、長い金の髪に紫の双眸を持つ女性の像が空中に転写される。

「評議会査察局に所属しておりましたリオです」

トリスタンとラモラックが不思議《ふしぎ》そうに顔を見合わせている。

「評議会上層部から異動の辞令を受け、本日より、ナイツ・オブ・ラウンドに着任し、アーサーの配下に加わることになりました」

リオの声が流れてくる。

「……初耳だわ」

トリスタンの頰《ほお》に緊張が走った。

「私は異動については聞いていないのですが、ボスはご存じでしたか？」

「いや」

「通しますか？　こちらで上層部と人事部に確認してから、またあらためて来てもらうことも可能ですが」

「かまわない。通してくれ。新しいメンバーの話が聞きたい」

季節外れの人事異動も二回目だ。パーシヴァルに続き、評議会上層部からのお目付役の補充といったところだろう。もしかしたらロキあたりの差し金かもしれない。

「はい」

トリスタンが入室許可を与える。

「トリス。紅茶が冷めてしまった。淹れ直してきてくれないか」

「はい」

トリスタンはティーカップを手に、ラモラックと共に退室する。

代わりのようにしてリオがドアを開け、入ってくる。

リオは無言でデスクの前に立ち、アーサーを睨みつけながら辞令を差しだした。アーサーはそれを受け取り確認する。

「俺がアーサーだ」

「私はリオ。本日付けでナイツ・オブ・ラウンドの一員としてあなたの配下に所属することになりました」

「ようこそ。俺はきみを受け入れよう」

片手を差しだす。リオはアーサーの手を取らない。じっと見下ろし、うさんくさそうにして目を細めた。

「手を取ってはくれないのか？」

リオは答えない。アーサーを見下ろすまなざしが鋭くなっただけだった。

「……いい瞳《ひとみ》をしている」

アーサーの言葉にリオの眉間《みけん》のしわが深まる。アーサーは手を引き、机の上で組んで静かに尋ねた。

「リオ……ひとつ聞きたい。俺はおまえにそんな目で見下ろされるような男に見えているのか？」

「いったい、何を……」

「そのままの質問だ」

「それは……命令ですか？　あなたがどういう上司だと感じているか、見えているものを私に言え、と？」

鋭い目つきのまま、リオは軽く顎を引いた。あまり饒舌《じょうぜつ》なタイプではないらしい。声を発することを惜《お》しむかのように、ひとつひとつ考えながら言葉を零していく。

「……あなたの話はいろいろ聞いています。評議会のなかでも有名ですもの」

「俺は有名なのか？　どんなふうに？」

「どんなって……。そうね。有能で牽引力《けんいんりょく》があるカリスマだと言う人もいる。でも理想論者で夢想家《むそうか》で、非現実的な人間だと思う人もいる」

「なるほど。人の数だけ意見があってしかるべきだ。ところで、俺から見ると、おまえは人の意見に左右される女性には見えない。最初の話に戻ろう。——おまえ自身から見て、俺はどう見えている？」

「私は……」

リオが言葉を止めた。アーサーは彼女が言葉の続きを紡《つむ》ぐのを待った。アーサーがリオの意見を引きだすまで退室を許さないと理解したのだろう。リオは観念したようにその先を続けた。

「私は……あなたを夢想家だと思っているわ。美しい理想だけを追う上司だと、私は、あなたをそう見ている……。あなたの唱える、自己犠牲《じこぎせい》精神にのっとった理想やこれからの世界への希望が、大嫌いだわ。欺瞞《ぎまん》に満ちて聞こえる」

「気に入ったよ、リオ」

「何言ってるの？　気に入ったって？」

リオは不信感が如実《にょじつ》に表れた双眸で、アーサーを見下ろしている。

沈黙《ちんもく》が落ちた。

アーサーは黙ってリオを見返している。

凝固《ぎょうこ》した空間に先に耐えられなくなったのはリオだ。唇《くちびる》を開き、アーサーに言葉を投げつける。

「人は、輝《かがや》かしさに惑《まど》わされると、事の本質を見抜けなくなるわ」

ずっとそんなことを考えていたのだろうか。辞令を受ける前からアーサーの理想論をどこかで聞き、アーサーの言動を横目で眺め、苛立ちを溜《た》めて過ごしていたのだろうか。

「それでも俺は、成すべきことを成すだけだ」

アーサーが応える。

リオは、冷たい一瞥《いちべつ》をアーサーに寄越し、部屋を出ていった。

誕生日と、クリスマスのプレゼントとして、刺客《しかく》をひとりアーサーの身の内側に送り込む。ロキならばそういうことをやりそうだ。

アーサーの口角がゆっくりと引き上げられる。

だとしたら、面白い趣向《しゅこう》だ。

「悪くない」

そう――こういう贈り物も、悪くない。

だからこそ、アーサーはリオに裏切りの名である〝モルドレッド〟を与えたのだった。


そこは、どこでもない場所だ。

ただひたすらミルク色の霞《かすみ》に似たものが広がっている。

夢と現《うつつ》の境目《さかいめ》なのかもしれないし、アーサーの意識と無意識の境界《きょうかい》なのかもしれない。

いつからだったかわからない。たまにアーサーはそこに行く。子どものときからその場所を知っていたから、人というものは心の内側にみんなが「その白い空間」を所有しているものだと思い込んでいた。だが、どうやら全員がそういうものではないらしい。


夢の世界のような気もする。

時空の乱れのような気もする。

過去であるようにも思えるが、時には未来にも感じられる。妄想《もうそう》なのかもしれないし、リアルなのかもしれない。

定かではない——白濁《はくだく》した世界。

アーサーは過去に、その白い空間で、ロキと出会った。


——ああ、まただ。

アーサーは今日一日、ずっと仕事をしていた。トリスタンが「ボス、いい加減にしてちゃんと仕事をやめて寝てくださいね。今日は特別な日なんですから」と声をかけ、帰っていった。

誰もいなくなってしばらくしてから、アーサーは執務室から私室へと戻り、部屋の壁一面を覆う何ひとつ泳ぐもののいない大きな水槽《すいそう》を眺めながら、気づけば眠りについていた。

眠っていたはずだから、アーサーがいま見ている「この光景」はきっと夢なのだろう……。


長い銀髪《ぎんぱつ》に銀の双眸の少女がいる。

アーサーの存在には気づかず、誰かに向けて語りかけている。腰《こし》を屈《かが》め話しかけている
その先には――黒い髪と黒い双眸の小さな花の妖精が佇《たたず》んでいる。

『私はいったい、誰に仕えればいいのかしら』

花の妖精が少女を見上げ、問いかける。

答える声はアーサーの耳には届かない。

『聞いたことはあるわ。知っているわ。その人のこと』

妖精の手足は細く、とても儚《はかな》い。

『……言わなくてもいい。それも知っているわ。私が花開くときは、仕えた者の最期《さいご》のときよ。その者が無に帰すときよ』

相対する少女の声が聞こえないから、花の妖精がひとりで語り続けているように感じられる。

『私は花開いて、シラユリになるの』

『ねえ。私は、私がどんな花びらを持つかはまだ知らないのよ。私が仕える者の最期のときに合わせてシラユリとして咲いて、無を残し、無を形作り、そのあとで消えてしまうとしても』

『──それでも、私は花の妖精。無のシラユリの花を咲かせて、散って、枯れてしまっても──運命の奥深くに根を残し、次への希望の種子を残すことができるわ』

『私は自分の涙の水で花開き、仕えるその人の最期を祈って胸元を飾ることができるわ』

『私ではなく、もしももっと大きな運命がそれを望むなら、私はきっとその人の胸元に次の種子を──新しい希望を──残して、シラユリとして咲いて、散ることができるはずね』

『種は残る。そしてまた生まれる。いろんな形で。命は続くの。……いくつもの希望が、絶望を覆い尽くすまで』

希望を──残して。

命は続くの。

いくつもの希望が、絶望を覆い尽くすまで。

少女と花の妖精の姿は白い靄《もや》に包まれて薄くなって、消える。

白い空間に――。

『もうあなたは十分に戦ったわ。……なんて私の口から言えるわけないじゃない!! あなたにはもっと動いてもらわなきゃ困るのよ。だから……早く……帰ってきて。それまで、私があなたの代わりを務《つと》める……から……』

トリスタンの声がした。怒るトリスタンは知っているが、泣いているトリスタンの声は、はじめてだ。いったい誰があの冷静なトリスタンを泣かせているのやら。

泣き声のトリスタンにかぶさるようにガレスの声が響《ひび》く。

『何をそんなに生き急いでおるのだ。死ぬにはまだ早すぎるわ。そういった役目は老い先短い私にまかせればいいものを。スープでも作って気長に待っているとでもしようかのう。冷める前に……帰ってくるのだぞ』

叱《しか》りつける声だ。ガレスが怒っているのも、アーサーははじめて聞いた。

『私はまだ、来るべき日の約束を果たせていないんです。なのに、あなたがいないとはどういうことでしょう。私は、あなたがいてくれるだけで、あなたの側にいられるだけでいいんです。どうか約束を果たさせてください。ずっとあなたを、待っています』

ベディヴィアの声だ。しかしベディヴィアらしくなく、落ちついた声だ。何をすべきか決意した者特有の深みのある声だ。

『パパ、ごめんなさい。パパからもらった宝物、壊《こわ》れちゃったの。でもね、パパ。私、がんばって戦ったんだよ？　少しでも……パパの力になれたかな？　そうだったら嬉しいな。……早く帰ってきて……いっぱい、いっぱい遊んでね……。がんばったご褒美《ほうび》だよ、絶対……だからね』

泣きそうなのを堪《こら》えて、歯を食いしばってでもいるような苦しそうな声のガウェインが続く。

『戦うことしか知らなかった俺を拾ってくれて、生きる意味と居場所を与えてくれて感謝してます。そして、一番伝えたかったことがあります。あの子の宝物は守れなかったけど、あなたの宝物は守ることができました。だから早く、帰ってきてくださいね』

パロミデスだ。アーサーが渡したドライバを、ガウェインは宝物として大切にしていた。ガヴィの宝物は壊れてしまったけれど——アーサーがパロミデスに託《たく》した「宝物」のガヴィはどうやら守ることができたらしい。よくやったと、アーサーは、パロミデスの声にひとりうなずく。

『あー……そろそろ……眠ってもいいかな？　え、ダメ？　仕方ねぇなあ。でもさ、だったらそっちこそ、さっさと目を覚ましてくれないかな。いったいいつまで、目を開けた夢を見ているつもりなのさ。ほら、さっさと起きろ!!』

ユーウェインのとぼけた声がする。

『……勅令《ちょくれい》だとか、真意だとか、そんなのもうどうだっていいんだよ。わかったんだ、すべては世界のためだったたってこと。自分を犠牲にしてまで新しい道を開きたかったんだろ？』

パーシヴァルの苦いものを嚙《か》んだあとみたいな声もする。

『ふーん。仕方ないんじゃない？　自業自得《じごうじとく》ってやつよね。だってアンタったら我《わ》が儘《まま》だしさ、自己中だし、乱暴《らんぼう》だし、もう嫌いなところを挙げたらキリがないわ。でも、もうそんなアンタには会えないの？　ねぇ……目を覚ましてよ……。ねぇ……もっと嫌いにさせてよ……』

ケイの語尾が弱々しくかすれているなんて、これもはじめて聞く。

『アタシを誘ってくれてありがとね。おかげさまで外の世界を知ることもできたし、新しい友だちもできたんだ。なのにさ、アタシ、まだなんの恩返しもできてないよ。もっと戦いたいんだよ！　もっと世界のこと教えてよ!!』

絶叫《ぜっきょう》するようなラモラックの声。耳が痛くなりそうで、アーサーはなんだか笑ってしまった。そんなに必死になって言葉を尽くして。どうしたんだい。ラモラック？

『……やっぱり、そういうことだったのね？　だけど、らしいっちゃ、らしいんじゃない？　私にはなんの関係もないんだけどね。だけど責任くらいは取ってくれないかしら？

——私だってそれなりに戦ってあげたのよ。まぁ……期待しないでいてあげるわ……』

今日はじめてちゃんと話したモルドレッドの声だ。記憶にあるものより少し柔らかい印象の話し方だ。呆れているようでもある。

『……いつかはきっと、この丈《たけ》の長い隊服が似合うくらいオレは大きくなる。だからさ、そのときまでオレたちの絶対的ボスでいてくれよ！　オレ、もっと大きく……なるから……!!』

まだ若い少年の声だ。知らない。アーサーはこの少年とまだ巡《めぐ》りあってはいない。


ランスロットが立っている。

完全なる戦闘《せんとう》態勢で殺意を剝きだしにして。

彼のドライバの〈アロンダイトリボルブ〉を構えて。

『生憎《あいにく》さ、俺を殺せる権利は奴だけのもんなんだ』

一閃《いっせん》。

『さぁ、あとひとり』

目の前の敵をなぎ倒して、歩いていく。

『おまえ邪魔《じゃま》だから、そこどけよ』

もうひと振り。相手は無惨《むざん》にランスロットの足元に倒れ、散る。

『……たまにはと思って本気出してやったのに、もう最悪だわ。……なんだよ、その顔。なんで泣いてんだよ。悲劇《ひげき》の王でも演じてるつもりかよ。男の涙なんかには興味ないんでね。やっぱり、アンタのこと――』

『アンタのこと大嫌いだよ。アーサー!!』

名前を呼ばれた。

〝アーサー〟と、ランスロットの声で。

憎々《にくにく》しげに、殺意を込めて、胸の奥にまで焔《ほのお》をたたき込まれそうな声で。

だから――。

アーサー……。

「……アーサー。寝てんのか？」

アーサーを呼んだのは、ランスロットの声だと思っていた。

でも目覚めてみれば違う。眠るアーサーの傍《かたわ》らに立ち、顔を覗《のぞ》き込んでいるのは幼なじみの親友、サンタクローズだ。

「何、笑ってんだ。アーサー」

「ああ。夢のような……夢を見ていた。だからだ」

笑っていたのか、自分は。

「夢のような夢ってなんだよ。泣くくらい笑える夢だったのか？」

「泣く……？」

聞き返したらサンタクローズは親指の腹で、アーサーの目元をくいっと軽く拭《ぬぐ》った。

「涙」

ひと言で指摘し、近づいた顔が離れていく。

サンタクローズの銀の髪がふわりと揺れる。

「泣きながら笑ってた。どんな夢だったんだ？」

「わからない」

サンタクローズはいつも、アーサーが答えられない質問をする。

「覚えてない。でも――俺のことを起こすのはやっぱりおまえなんだな」

「はあ？」

いろいろな人たちの声が素通りし、アーサーの心を震《ふる》わせた。だが、一番最後、覚醒《かくせい》をうながすための呼びかけは、サンタクローズのものだった。

不思議な安堵感《あんどかん》を覚え、アーサーはうなずいている。

「寝ぼけてんのか？」

「おまえにはそう見えるか？」

「見える」

「だったら寝ぼけているのかもしれないな。……なぁ、夢の……あの場所はどこなんだろうな……？」

答えを求めたわけではない。

どこでもないのだと、夢のなかなのだと、そう言われたかっただけだ。

現実にはあんな場所はどこにもないのだと。

「んなの知るかよ。おまえの夢なんだろ？　俺にわかるか」

サンタクローズはいつもの通りに冷たく言った。さらに、とてもサンタクローズらしい言葉を続ける。

「だけどプレゼントならしてやれる」

アーサーは起き上がり、ぼんやりとサンタクローズを見た。まぶたを軽く擦《こす》る。まだ眠い。時間を確かめる。

11：56――まだ十二月二十四日の夜だ。

夢に出てきた白い空間の記憶は、ひとりで部屋に閉じ込められていた幼少《ようしょう》の記憶に直結している気がする。

机も椅子も何もない空間の、壁とも言えないような壁に貼られていた世界地図だけが、かつてのアーサーの知る「世界」だった。

その頃の思い出が、アーサーの脳《のう》に染《し》みついているのだろう。

そもそもあれは「壁」だったのだろうか。

そもそも座り込んでいたあの床は「床」だったのだろうか。

そもそもあれは「部屋」だったのだろうか。

異空間とも思えるあの場所は、この世界のものではなく、アーサーの心の内部が勝手に見せた幻影《げんえい》かもしれない。現実世界の孤独《こどく》と辛《つら》さを拒絶した聡《さと》い子どもが、自分の視覚を自分で惑わして、幻《まぼろし》のような「部屋」を作りだし、自身を住まわせたのかもしれない。

現実にはきちんとした壁ときちんとした床ときちんとした机ときちんとした椅子があり、そして世界地図だけがきちんと貼られていたのかもしれない。

ただしそこには誰もいなかった。

扉はいつも閉じられていた。

食べ物だけを与えられ、窓もない部屋で、アーサーはぽつんと置き去りにされて勝手に生きた。悲しくはなかった。まだ悲しいという感覚を知る前だったから。

孤独というのは、他の誰かと過ごす温かさを知ったあとに感じるものだ。

『禁忌《きんき》の血がこんな形で受け継がれるなんて……』

ひとりでぺたりと座る子どものアーサーは、ひそひそと誰かがささやく声を聞いていた。声は、忌《い》まわしいものについて語る口調で、アーサーのことを語った。

『いったい、誰が育てるっていうのかしら』

『殺してしまいましょう……』

『そうよね、だってこの子は……』

『生まれたときから、世界の敵なんだから』

大人たちの声だったと思うのだが、いまとなってはもう定かではない。記憶の片隅《かたすみ》に埃《ほこり》となってうずたかく積まれた忌まわしい声を思い出すことは、もはや年に一度もないのだけれど。


アーサーは自分が「望まれなかった子ども」だということを知っている。

生まれてくるべきではなかったのだと思い、泣いたことがある。

その思いを否定してくれたのは、サンタクロースだった。

サンタクロースと、その友だちのエリザベートが、アーサーの心に希望と夢の種子を植えた。

まだ悪い夢に囚《とら》われているような心地のまま、アーサーは目の前の端整《たんせい》な顔立ちをした少し年上の男に言う。

「俺のところに来ている場合か？　サンタさんは世界中の子どもたちに幸せを届けるのが仕事のはずだろう？」

それでも——サンタクロースはアーサーの側にいる。

悪い夢からアーサーを起こしてくれる。

「わかってるよ。ちゃーんと時間配分してるから大丈夫だっつーの。おまえ、自分は大人だから、みたいな主張するつもりなら、よせよ。大人はなあ、泣きながら笑うような夢は見ねーんだよ。たぶん」

「たぶん？」

断言しないところがおかしくて、笑った。

アーサーが笑ったから、サンタクロースも笑った。

「あとな、大人はいきなり来て『夏の海を見にいこう』って騒《さわ》いだりもしないな」

「そうかな」

「そうさ。……まあそんなことはどうでもいいんだ。おまえの顔見ると用件より先に、しょーもないことばっか口が回っちまうな。そうじゃなくて」

サンタクローズが手にしていた袋から紙袋を取りだす。

「誕生日おめでとう。アーサー」

素《そ》っ気《け》ない紙袋のなかに入っているのは、手作りのミンスパイだ。

毎年恒例《こうれい》――十二月二十四日にはいつもサンタクローズが、ミンスパイを届けてくれる。そして「誕生日おめでとう、アーサー」と笑いかけ、どうでもいいことを話し、互いに頭をこづきあったり、最近は酒を酌《く》み交《か》わして昔の話をしたりもする。

洋酒に漬けたナッツと果実を包んだパイは、一口サイズ。パイ皮はサクッとした歯触《はざわ》りで、齧《かじ》りつくと、なかからこってりと甘くて香ばしい果実の風味が溢れて舌で溶ける。はじめて食べたとき、本気で頬がとろけて落ちると思った。アーサーの好物だ。

他の人たちの手作りのミンスパイや、有名な店のものも食べたことがあるが、どれもサンタクローズ家のミンスパイにはかなわない。

甘さがアーサーの脳に染み込んだ。

「誕生日おめでとうだけは、今日が終わる前に言っとかねーとな。それから、メリークリスマス」

「ああ……ありがとう。そしてメリークリスマス」

晴れやかに笑うサンタクローズに渡された「おめでとう」の言葉が、今日一番嬉しい「おめでとう」だというのは――アーサーの心のなかに閉じ込めておく。

でも仕方ない。サンタクローズはアーサーの特別だ。

何も知らず、何も持たず、平べったい二次元の地図しか見たことのなかったアーサーを、新しい世界へと引っ張っていってくれた手を持つ男なのだから。

アーサーに、名前をくれた。誕生日もくれた。十二月二十四日はアーサーがサンタクローズに出会った日だ。生きていく意味をくれた。目的もくれた。

サンタクローズが世界中に幸せを届けるというのなら――アーサーはこの世界の悲しみを止めようと決めた。

それがアーサーのこれからの道しるべだ。

「やれやれ。なんだか今日は賑《にぎ》やかな一日だったな……」

照れ隠しみたいにアーサーはそう、うそぶく。ミンスパイに齧りつきながら。

「賑やかだったんだ？」

「ああ。ナイツ・オブ・ラウンドのみんなが順番に俺の部屋に来て、代《か》わる代《が》わるに祝ってくれた」

ひとりひとりの顔や、贈られたもの、言葉を思い返しながら、アーサーはサンタクローズにそう話す。

「いい誕生日だったみてーじゃねーか。今日の主役はおまえだからな。みんなおまえを祝いたいんだ」

「どうだろうな。俺をダシにして酒を飲みたいだけの奴もいた。――まあ、でもそれも楽しかったな」

請求書に有給申請書に、異動してきて新しく部下になった女性。

贈り物としてくるには少し無理がありそうなものもあるにはあるが、それもまた面白いと思える。

「アルト」

サンタクローズが低く名前を呼んだ。コードネームであるアーサーではなく、もうひとつの、サンタクローズにつけてもらった本当の名前を。

「なんだ?」

「零してる。パイ皮の屑《くず》、口についてる」

アーサーの口元を、サンタクローズの親指の腹が撫《な》でていく。

「本当、おまえいい年して、まだまだ子どもみてーだな」

くすっと笑われた。恥《は》ずかしくなった。

「おまえひとりだけ、大人ぶるなよ」

ごしごしと自分の唇を拭いて、アーサーが言い返す。そのやり取りがずいぶんと子ども

じみたものなのは自覚している。それもまた仕方ない。幼いときからずっと一緒で、兄貴風を吹かせたサンタクロースは、アーサーの心の柔らかい部分をさらっと撫でて実によく泣かせてくれた。

「大人ぶってないぞ。ただ、俺はたぶん他の連中よりほんのちょっとだけ、おまえのことを知ってるってーくらいかな。たとえば年末に、一緒に初詣《はつもうで》に行きたいとかだだをこねて俺を連れだしたこととかさ。年末はコタツでうたた寝して、ごろごろと寝正月するもんなのに、はしゃいで俺を寒いなかに連れだして」

「いつの話だよ、それ」

「昔の話だよ」

「なんでいま、そんな話をするんだ？」

「話したいからさ」

言い争う口調もどんどん子ども時代のものに戻っていく。サンタクロースとふたりだけで会うのは、もはや年に一回のこの一日だけだ。彼は仕事のついでに天界《セレスティア》から常界《テラスティア》にやってきて、アーサーにミンスパイのプレゼントを渡していく。

「けっこう前の話とか昔話が山ほどあるんだから、どうしようもねーだろうが。俺はおまえがしてきた山ほどの悪いことを知ってるんだぜ？」

「俺はおまえほど悪いことはしてなかった。喧嘩だって、だいたいおまえに巻き込まれて仕方なくしただけだった」

「嘘《うそ》だな。最初は俺が喧嘩していたはずなのに、気がついたらおまえと俺が殴り合ってただろうが。あれは絶対に、あえて巻き込まれにきてただろう？」

「違う。おまえが俺のせいで喧嘩をはじめるから。天界《セレスティア》にいちゃいけない人間の子どもがいるって俺が言われて、それに抗議《こうぎ》して喧嘩をはじめるから——それを止めようとしただけだ」

「おまえのせいじゃねー」

サンタクロースがピシリと告げた。

「なんだ？」

「おまえの『せい』で喧嘩したんじゃねー。おまえの『ため』でもねー。俺が好きで喧嘩したんだ。俺は、おまえが悪く言われるのが我慢《がまん》できなかった」

「……あ、ああ。そうか」

真《ま》っ向《こう》からそう言われ、アーサーは珍《めずら》しく怯んだ。アーサーがこんなふうに口ごもるのはサンタクロース相手のときだけだ。

アーサーの胸のあたりがぎゅっと引き絞《しぼ》られ、わずかに軋《きし》んだ。

もし——アーサーが本当に悪事に手を染めて、世界中が非難するようなことになっても、サンタクロースは、アーサーのせいでもなく、アーサーのためでもなく、サンタクロース自身が我慢ならないからと、アーサーの代わりに誰かと喧嘩をするのだろうか。

するだろう。

きっと――する。

「サンタ。もし俺が、世界の敵になったとしたら――それでもおまえは……」

そんなことを言ってしまったのは、きっと、悪夢の名残《なごり》だ。

アーサーに最後まで語らせず、サンタクローズが言葉を重ねた。

「おまえは世界の敵にはならない。なるとしても、そんときは、おまえにはおまえの理由があるって、俺は知ってる」

「………」

「おまえが世界中の敵になったとしても、覚えておけ。いいか？　俺は――おまえを、知っている」

「そうか」

「それで、疲れたら、帰ってこい」

「ああ……」

「しかしなぁ、このサンタさんにそんなへらず口叩けるのは、世界広しといえどおまえだけだよ」

かりかりと頭を掻《か》いて、鷹揚《おうよう》に言う。

「俺は、へらず口を叩いた覚えはないが？　いまの話のどのあたりがへらず口だったと？」

「そういうのがすでに、へらず口だっつーの。いい感じに会話を流せよ。おまえときどきすごい天然」

サンタクローズが呆《あき》れた顔で言う。

「まぁいいや。日にちが変わらないうちに言いたいこと言ったから、ちっと働いてくるわ。仕事終わったらまたここに来ていいか？」

「ああ」

「明け方になるけど」

「いつものことだろ。年に一度、おまえは世界中に幸せを届ける。しっかり届けてこい。それで俺は――おまえのために世界の悲しみを止める王になるんだ」

「……ああ。そいじゃあな、またあとで」

と、サンタクローズがプレゼントのたくさん詰まった白い袋を担《かつ》ぎ上げる。

「もしまた俺が寝ていたら……起こしてくれ」

アーサーはサンタクローズに言った。

「ああ。起こしてやるから、去年みたいに、起こした俺の腹に寝ぼけてグーパンとかはなしだからな。おまえ寝起き、悪いからなあ。こっちは命がけだ」

「それくらい我慢できるだろう？　サンタさんは強いんだから」

くすっと笑って言うと、顔をしかめてサンタクロースが、

「しゃーねーな」

と答えた。

「大丈夫。おまえが起こしてくれたら、俺は絶対に——起きるから」

どんな悪夢のただなかであってもサンタクロースのひと言で、起きるから。

大丈夫だ。


「メリークリスマス。サンタクロース。しっかり働いてくるんだな」

「ああ。メリーメリークリスマス。またあとで」


サンタクロースが部屋を出ていき、アーサーは時刻を見る。

深夜零時《れいじ》を回り、日付は二十五日に進んでいる。賑やかな誕生日は幸せなまま終わり、ミンスパイに齧りつき、アーサーは一日の出来事を思い出し、ひとりで微笑んでいた。

そしてこれは——蒼のクリスマスが起きた二年後の物語だ。

ミルク色の霞のようなもので覆われた広い空間に、たったひとつだけ椅子がある。

王のための椅子だ。

玉座に座っているのは、かつてアーサーという名前を持っていたひとりの王である。

いまは顔の半分を仮面で覆い、純白であった服は漆黒《しっこく》に変じた。左の胸元を飾るのは、
綺麗に咲いたシラユリの花だ。

「さぁ、新しいコードネームをきみに授《さず》けよう。きみの名前は――エビルアーサー」

ロキが玉座の男に笑いかけ、名前を与えた。

エビルアーサーの表情は変わらない。

綺麗な紫の双眸には何も映ってはいない。

「民は王にすがるとしたら、王は何にすがるんだろうね。神にすがるしかないよね」

くくく……と笑い声を上げてロキはエビルアーサーに語りかける。

「いろいろなことがあったね。きみとはじめて会ったのは――ここだった。この場所で、
僕はまだ子どもだったきみに『王様になる』と言われたんだ。それで僕は、きみという王
の神になることにした。面白そうだったからね」

思い出話をしようよ。

ロキがささやく。

「大人になって、きみは世界評議会に招待《しょうたい》されて、あっという間に頭角を現した。さすがに王になる男は違ったね。ナイツ・オブ・ラウンドの一員を集め、お目付役や刺客として差しだされた人間も、裏があることを知っていながら受け入れて――いつの間にかみんながきみに信頼を寄せるようになったね。まぁ、信頼の形はさまざまだったけれど」

エビルアーサー、僕はきみに何度も言ったよ。

聖なる出口〈ディバインゲート〉なんて存在しないよって、ね。

「きみは目をかけた少年少女たちを、自分の目的のために引き入れた。アカデミーに招待して、特別な訓練をさせたりしていたね。子どもたちはまあそれなりに楽しくやっていたんじゃないのかな。僕にはどうでもいいことだったけど」

エビルアーサー、きみは幼いときに見たんだよね。

ディバインゲート。

そしてきみは、きみの目的である「悲しみのない世界」を創りだすための方法をディバインゲートに見いだした。

そう――聖なる入り口〈ディバインゲート〉なら存在したね。

「こうやって話しかけられると、懐《なつ》かしい気持ちも湧《わ》き上がるだろう？　思い出すかな？　きみの過ごしていた世界評議会のあの部屋――円卓の騎士が集う会議室――、ほら」

白い世界がスクリーンとなって、アーサーだった頃の彼の記憶を映しだす。

走り回る少年少女たち。

話しかけてくる円卓の騎士たち。

視覚を通じてアーサーの海馬《かいば》に収集された記憶が、電子的に変換《へんかん》されて、映写される。

脳もまた機械と同じだ。細胞同士が電気信号と電気刺激《しげき》で動き、記録を蓄積《ちくせき》している。そこからデータを取りだして映すことなど、ロキにはたやすい。

流れていく情報を、エビルアーサーは無言で見つめている。

虚《うつ》ろな、乾いた双眸が、映像を反射してパープルに光る。

「きみはディバインゲートを壊そうとした。統合世界《ユナイティリア》の発生は、ディバインゲートの成り立ちと関係していることに気づき、扉の鍵《かぎ》を見つけて、扉ごと破壊することで——この世界に平穏《へいおん》をもたらそうとしたんだね。弱い者たちが虐《しいた》げられ、差別され、悲しみに暮れる者のいるこの世界を破壊することで、世界から悲しみが消えると信じていた。その目論見《もくろみ》は結局——」

叶わなかったけれど、と、ロキは優しく告げる。

「けっこう前の話とか昔話が山ほどあるんだから、どうしようもねーだろうが。僕はきみがしてきた山ほどの悪いことを知っているんだよ」

ロキではなく別の誰かの口調を中途半端《ちゅうとはんぱ》に真似《まね》て、ロキが語る。

エビルアーサーの頬がわずかに動く。何かを思い出しかけたように。

仮面のない片側の瞳から涙がひとすじだけ落ちる。

「……なんだよ、その顔。なんで泣いてんだよ。悲劇の王でも演じてるつもりかよ。男の涙なんかには興味ないんでね。やっぱり、きみのこと――」

ロキではなく、誰か別の人物の口調の模倣《もほう》で、ロキが語る。

ただ最後だけは、ロキの言葉に変換される。

「きみのこと――大好きだよ。エビルアーサー」

ロキの高い笑い声が響いていた。

そしてその笑いに、応える者は誰もいない。

かつてアーサーがディバインゲートへと挑《いど》んだ場所には、天にたてつくかのような禍々《まがまが》しく高い塔《とう》が立っている。

その異常事態を知っているのは「世界評議会」に所属している一部の者たちだけだった。人びとは自分たちの暮らしの裏側で、どんな争いが巻き起こっているのか、何が隠されているのかも知らぬまま、安寧《あんねい》の時を過ごしている。


その日――。

アーサーはディバインゲートに挑んだ。オズはアーサーを阻止《そし》するために自分の持つ力を神々に差しだした。円卓の騎士たちはアーサーのためにオズの力を得た北欧《ほくおう》の神々と死《し》闘《とう》をくり広げた。

そして――塔が生まれた。

アカネとアオトとミドリがその塔の源《みなもと》に降り立ち、ディバインゲートへと挑んだ。

彼らの選択《せんたく》は聖なる扉ディバインゲートの通過ではなかったが――それでもすべての動きが「世界評議会」の混乱に繋《つな》がり「新生世界評議会」が新たに発足することになった。

ヒカリは、天界《セレスティア》に導かれ、天界《セレスティア》の女王となった。

ユカリは、魔族が迎えに訪れ、魔界《ヘリスティア》で女王となるために旅立った。

アカネは、湖畔のほとりで妖精ヴィヴィアンに託され、その地で新たな戦いに向けて修行をはじめた。

アオトは、極東国《きよくとうこく》で神主狐《かんぬしぎつね》ヤシロに匿《かくま》われ、事態を見極めるために様子を探っている。

ミドリは、竜界《ドラグティア》女王ノアの助力で竜界《ドラグティア》に逃げ、またみんなと手を取り合える明日が来るようにと日々、鍛錬《たんれん》をかかさない。

ギンジは、新生世界評議会の最高幹部《かんぶ》となった。

「新世界評議会からの発表です。黄昏《たそがれ》の審判《しんぱん》は終わり、統合世界《ユナイティイリア》は救われました。しかし扉を開いた少年少女と、世界の裏切り者である竜は現在逃亡中です。発見次第《しだい》、殺してください」

ロキの声があたりに響いた。

「やっぱり、再創〈リメイク〉ですね」

END

Divine Gate
-King and Mischievous Interlude-

COMMENTS

新感覚パネルPRG「ディバインゲート」ディレクター

高野康太 kouta takano

ノベル化して頂き本当に良かった、それが監修を終えたときの僕の感想でした。

きっと、読み終えた読者も同じ感想を抱いていると思います。

個人的には円卓たちの話がお気に入りで、短い話の中で全てのキャラクターを生かして頂き、ただの上司と部下ではなく、お互いに特別な感情を抱いている、そんな彼らの日常はみなさんが思い描いていた通りだったんじゃないかなと思います。

ノベル化&読了頂き、本当にありがとうございました。

著者

佐々木禎子 teiko sasaki

贅沢なことにアニメとゲームの責任者にたくさんのアドバイスと監修をいただいた今作です。

我が儘を申し上げて巻頭にキャラ紹介を、そして巻末には今回のノベライズまわりの年表を掲載しています。

年表もゲームの高野さんに監修していただきました。ノベライズを読むことで、アニメ、そしてゲームの「ディバインゲート」の世界にまたすぐにダイブしたくなる。そんな作品になっていたら幸いです。

ありがとうございました。

◆特別掲載　聖暦年表◆

《アーサーの歩み》

聖暦××10年・12月　アーサー7歳
天界の聖夜街の外れにてサンタクロース(当時9歳)と出会う。
サンタクロース宅にて共に暮らしはじめる。

聖暦××11年・12月　アーサー8歳
8歳の誕生日を迎え、サンタクローズから「アルトリウス」の名前をもらう。

聖暦××12年・4月
天界の小等部に編入。
ロキと出会う。

聖暦××22年・3月　アーサー18歳
天界の高等学校を卒業。
世界評議会から推薦状が届き加入する。

聖暦××22年・4月
私設特務機関を発足。トリスタン(当時21歳)が評議会秘書を下り異動、部下に。

聖暦××23年・5月　アーサー19歳
評議会厨房で働くガレス(当時52歳)に特務機関への配属異動を要請、部下に。

聖暦××24年・10月　アーサー20歳
評議会警備局入局試験選考落ちのベディヴィア(当時13歳)を配下へと評議会に要請。特別認定を許され、部下に。

聖暦××27年・8月　アーサー23歳
テラスティアでのテロ事件の鎮圧に向かい、傭兵として参加していたパロミデス(当時47歳)を見いだし、配下へと評議会に要請。特別認定を許され、部下に。
同テロ事件現場にてガウェイン(当時5歳)を保護、配下へと評議会に要請。特別認定を許され、部下に。

聖暦××28年・9月　アーサー24歳
評議会警備局を退職していたユーウェイン(当時23歳)を評議会退職者として記録されていた管理データで見いだし、ユーウェインに直に交渉。合意のうえ評議会に要請。特別認定を許され、部下に。

聖暦××28年・10月
評議会上層部からの人事異動により査察局から配属されたパーシヴァル(当時23歳)を、受け入れる。

聖暦××29年・4月　アーサー25歳
評議会警備局に所属しているケイ(当時2[illegible]歳)に特務機関への配属異動を要請、部下に。

聖暦××29年・6月
繁華街で乱闘中のランスロット(当時23歳)と遭遇。配下へと評議会に申請。特別認定を許され、部下に。

聖暦××29年・10月
南の離島に査察で訪れた際にラモラック(当時14歳)を見いだし、配下へと評議会に要請。特別認定を許され、部下に。

聖暦××29年・11月
アオト、両親惨殺の事件に見舞われる。アオトは親殺しの事件犯人として取り調べを受けて後、解放。
アリトン、アオトと決別。単身、グリモア教団に拾われる形で配下に。

聖暦××30年・12月　アーサー27歳
評議会上層部からの人事異動により査察局から配属されたモルドレッド(当時23歳)を受け入れる。

聖暦××31年・12月　アーサー28歳
アオトの親殺し事件から二年後。蒼のクリスマスが起きる。
アリトン、蒼のクリスマスを単独で行う。
シュレディンガー、蒼のクリスマスの現場でアリトンと出会い、共鳴しアリトンと共に虐殺に荷担。
アーサー、蒼のクリスマス事件現場にてブルーノ(当時12歳)と遭遇。保護し、配下へと評議会に要請。特別認定を許され、部下に。
サンタクローズ、失踪する。
シュレディンガー、蒼のクリスマス現場にて評議会の手で逮捕される。
ロキ、シュレディンガーの能力を評価し逮捕されたシュレディンガーをドライバ開発のために評議会に配属。シュレディンガーの逮捕歴をデータ消去し隠蔽。
アオト、評議会データに蒼のクリスマス関係者としてデータ管理される。

聖暦××33年・10月　アーサー29歳
蒼のクリスマスから二年後。
アカネ、ミドリ、ユカリ、ギンジ、ヒカリが世界評議会下部組織アカデミーに参加。
アオト、アカデミー参加を拒否していたがアカネ、ミドリの説得によりアカデミーに参加を決意。

◆アンケートはこちら◆

https://ebssl.jp/bslog/bunko/alice_enq/

◆ご意見、ご感想をお寄せください。
[ファンレターの宛先]
〒102-8078 東京都千代田区富士見1-8-19
株式会社KADOKAWA　ビーズログ文庫アリス編集部
「ディバインゲート　～王と悪戯な幕間劇～」宛
◆本書の内容・不良交換についてのお問い合わせ。
エンターブレイン カスタマーサポート
電話：0570-060-555 (土日祝日を除く 12:00 ～ 17:00)
メール：support@ml.enterbrain.co.jp
(書籍名をご明記ください)

ビーズログ文庫アリス
http://welcome.bslogbunko.com/

さ-1-03

ディバインゲート
～王《おう》と悪《いた》戯《ずら》な幕間劇《インタールード》～

佐々木禎子《ささきていこ》

原作／ガンホー・オンライン・エンターテイメント

2017年3月15日 初刷発行

発行人　三坂泰二
発行　株式会社KADOKAWA
〒102-8177　東京都千代田区富士見2-13-3
[ナビダイヤル] 0570-060-555
[URL] http://www.kadokawa.co.jp/
デザイン　coil
印刷所　凸版印刷株式会社

ISBN978-4-04-734402-0　C0193

定価はカバーに表示してあります。